輕圖解！
5天速學
韓語文法

金龍範 著

CD inside

U0080337

山田社
Shan Tian She

會一點零碎韓文的你，
只要學會最最初級的韓語文法，
加上有一顆瘋狂愛韓星、韓語、韓文化的心，
很快就能懂得韓劇對白、綜藝節目的冷笑話，韓國歌詞意思啦！

▶ 你是不是想要聽懂韓國偶像團體，他們在說什麼？—"네"（是的）！
▶ 你是不是想再靠近一點最愛的韓星？—"네"（是的）！
▶ 你是不是覺得韓文越看越可愛？—"네"（是的）！
▶ 你是不是已經萌生了自學韓語的念頭？—"네"（是的）！
▶ 你是不是已經瘋狂愛上了韓語？—"네"（是的）！

　　這樣的你，一定會一點零碎的韓文。好吧！這樣的你只要掌握最最初級的韓語文法，同時累積單字量，再加上有一顆瘋狂愛韓星、韓語、韓文化的心，很快就能聽懂韓劇的對白、綜藝節目的冷笑話，還有韓國歌詞的意思啦！

《輕圖解！5天速學韓語文法》內容就是「最最初級的韓語文法」，特色：
★　輕圖解文法，一學就愛上！
★　中文語順瞬間變韓文語順，一點就通！
★　羅馬拼音＋中文拼音＋韓國老師標準發音光碟，
★　串聯最有效果的學習方式！
★　只要5天，你就會覺得原來韓語這麼好學！

　　《輕圖解！5天速學韓語文法》每一單元都用一張輕鬆圖解告訴你從中文語順如何「切換」成韓語語順，讓你學習思路更清晰，和文法不再有距離！這裡每一個基礎句的語順，都有可愛的圖畫，讓您一看就知道句中詞語的位置順序，跟所擔任的任務。這裡利用笑點十足、可愛的插圖漫畫，帶您「進入情節」同時把句子的語順，輕鬆「照」進記憶裡！

　　許多人為了抓寶，踏出大門。你會因為學韓語，走進一個有趣的世界，遇到很多人，讓自己更有信心！

contents
目錄

有哪些品詞呢？

❶ 韓語中的品詞

句意：我慢慢吃韓國烤肉拌飯。

主語 ▸ 文節 저는
- 저 (單字) → 저 ▸【名】詞
- 는 (單字) → 는 ▸【助】詞

修飾語 ▸ 文節 천천히
- 천천히 (單字) → 천천히 ▸【副】詞

補語 ▸ 文節 비빔밥을
- 비빔밥 (單字) → 비빔밥 ▸【名】詞
- 을 (單字) → 을 ▸【助】詞

述語 ▸ 文節 먹습니다.
- 먹 (單字) → 먹 ▸【動】詞
- 습니다 (單字) → 습니다 ▸【語尾】詞

各種品詞

品　詞	單　字
【動】詞	만나다（見面）,보다（看）
【名】詞	손（手）,비（雨）
【代名】詞	나/내（我）,이것（這個）
【形容】詞	싸다（便宜）,즐겁다（快樂）
【存在】詞	있다（在/有）,없다（不在/沒有）
【指定】詞	이다（是）,아니다（不是）
【語尾】詞	으ㄹ까/ㄹ까,ㅂ니다/습니다
【助動】詞	고 싶다（希望）,아(어, 여) 있다（正在～）
【副】詞	빨리（快速地）,천천히（慢慢地）
【助】詞	는/은,가/이,를/을, 와/과
【數】詞	일（一）,하나（一個）

主角
主語

要說某人做什麼事啦！人如何啦！從事什麼工作啦！這個某人就是這個話題的主角，韓語文法上叫「主語」。主語是指實際進行某動作的主體，或存在的主體。也指某性質、某狀態、某關係的主體。一般放在句子的前面。例如：

單字 語順	主語	述語	
	主體	動作、存在、性質、狀態、關係	
	↓	↓	

(1)
na.neun
나는
那. 嫩

gam.ni.da
갑 니다.
卡母. 妮. 打

我去。（動作）

(2)
chae.geun
책은
切. 滾

it.seum.ni.da
있 습 니다.
乙.師母.妮. 打

有書。（存在）

(3)
nu.neun
눈은
努. 嫩

huim.ni.da
흽니다.
恨. 妮. 打

雪是白的。（性質）

(4)
kko.chi
꽃 이
扣特. 氣

ye.ppeum.ni.da
예쁩니다.
也. 撲. 妮. 打

花很漂亮。（狀態）

(5)
na.neun
나는
那. 嫩

hak.saeng.im.ni.da
학생입니다.
哈. 先. 因. 妮. 打

我是學生。（關係）

其中，「나」（我）是「갑니다」（去）這個動作的主體。「책」（書）是「있습니다」（有）這一存在句的主體。「눈」（雪）是「흽니다」（白的）這一性質的主體。「꽃」（花）是「예쁩니다」（漂亮）這一狀態的主體。主語「나」（我）等於「학생」（學生），兩者的關係是劃上等號的。主語一般是名詞、代名詞等。韓語的「나」（我）是對平輩、晚輩的說法，還有一個對上司、長輩的說法是「저」（我）。

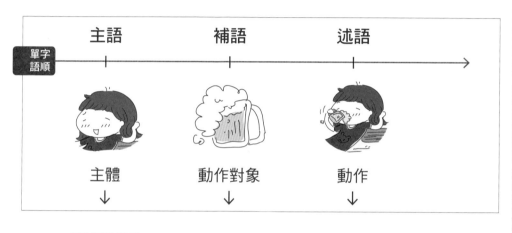

單字語順

主語　　　　　補語　　　　　述語

主體　　　　動作對象　　　　動作
↓　　　　　　↓　　　　　　↓

geu.nyeo.neun

(1) 그녀는.
　　古. 牛. 嫩

她。

geu.nyeo.neun　　　　maek.jju.reur　　　　ma.sim.ni.da

(2) 그녀는　　　맥주를　　　마십니다.
　　古. 牛. 嫩　　　妹. 阻. 入　　　馬. 心. 妮. 打

她喝啤酒。

「她喝啤酒。」她就是做「喝啤酒」這個動作的主角，也就是主語了。要知道哪個是主語，看看助詞就知道了。這句話的主語助詞「는」。韓語的特色就是有助詞來告訴您哪一個是主語喔！

 **書童**
助詞

 T02

　　韓語的助詞就像古代的婢女、書童一般，是來輔助主人，並顯示主人的身份是主語、補語還是修飾語。也就是說一個句子裡，各個單字間互相的關係，就靠助詞來幫忙弄清楚啦！當然助詞一定是緊緊跟在主人後面囉。

　　韓語的助詞還不少，入門階段，首先要掌握的有：

「은 [eun]/ 는 [neun]」表示主詞，這主詞是後面要說明、討論的對象。

「가 [ga] / 이 [i]」表示主詞，這主詞是後面要說明的對象、行動的主體。

「를 [reur]/ 을 [eur]」表示前面接的名詞是後面及物動詞的受詞。

「의 [ui]」（～的）表示所有、領屬、來源等關係的助詞。

「에 [e]/ 에게 [e.ge]」（給～，去～）表示動作、作用的對象或方向。

「로 [ro]/ 으로 [eu.ro]」（用～，搭～）表示行動的手段和方法。

「과 [gwa]/ 와 [wa]」（和～）表示並列。「도 [do]」（也）表示包含。

「부터 [bu.teo]」（從～）表示時間跟空間的起點。

「까지 [kka.ji]」（到～）表示時間跟空間的終點。

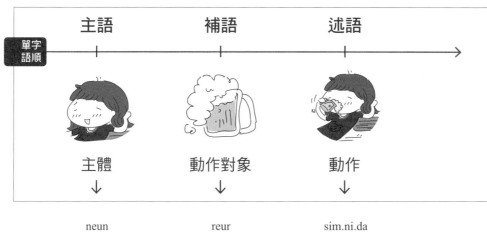

主語	補語	述語
主體	動作對象	動作
↓	↓	↓

單字語順

(1)
neun
는
嫩

reur
를
入

sim.ni.da
십니다 .
心. 妮. 打

(2)
geu.nyeo.neun
그녀는
古. 牛. 嫩

maek.jju.reur
맥주를
妹. 阻. 入

ma.sim.ni.da
마십니다 .
馬. 心. 妮. 打

她喝啤酒。

「그녀는 맥주를 마십니다 .」（她喝啤酒。）這句話用助詞「는」表示「她」是主語，也就是喝這一動作的主體。「를」表示「맥주」（啤酒）是補語，也就是「喝」這一動作的對象了。

用行動來表現
述語

T03

先提出主語「她」，至於她做了什麼動作？人在哪裡？長得怎麼樣？職業呢？要做這些敘述，都需要後面的述語。韓語的述語有動詞、存在詞、形容詞跟指定詞…等。

另外，要注意的是，韓語的述語一般都是放在句尾的喔！

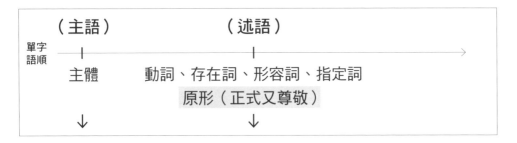

單字語順	（主語）	（述語）
	主體	動詞、存在詞、形容詞、指定詞
		原形（正式又尊敬）
	↓	↓

(1)
geu.nyeo.neun
그녀는
古.牛.嫩
gan.da (gam.ni.da)
간다 (갑니다).
剛.打（卡母.妮.打）
她去。
（動詞－動作）

(2)
geu.nyeo.neun
그녀는
古.牛.嫩
it.dda (it.seum.ni.da)
있다 (있 습 니다).
乙.打 （乙.師母.妮.打）
她在。
（動詞－存在）

(3)
geu.nyeo.neun
그녀는
古.牛.嫩
a.reum.dap.tta (a.reum.dap.seum.ni.da)
아름 답다(아름 답 습 니다).
阿.樂母.答.打 （阿.樂母.答.師母.妮.打）
她很美。
（形容詞－狀態）

(4)
geu.nyeo.neun
그녀는
古.牛.嫩
sun.su.ha.da (sun.su.ham.ni.da)
순수하다 (순수합니다).
順.樹.哈.打 （順.樹.航.妮.打）
她很純樸。
（形容詞－性質）

(5)
geu.nyeo.neun
그녀는
古.牛.嫩
hak.saeng.i.da (hak.saeng.im.ni.da)
학생이다 (학생입니다).
哈.先.衣.打 （哈.先.因.妮.打）
她是學生。
（指定詞－關係）

第一天

第二天

第三天

第四天

第五天

述語通常是放在句尾，在形式上有「原形」跟「正式又尊敬」兩種。原形中動詞、形容詞是以「다」結束，名詞是以「다 / 이다」結束。正式又尊敬的動詞、形容詞是以「ㅂ니다 / 습니다」結束，名詞是以「입니다」結束。

主語	補語	述語
主體 ↓	動作對象 ↓	動作 ↓

單字語順

(1)
geu.nyeo.neun
그녀는
古.牛.嫩

　

ma.sim.ni.da
마십니다.
馬.心.妮.打

她喝。

(2)
geu.nyeo.neun
그녀는
古.牛.嫩

maek.jju.reur
맥주를
妹.阻.入

ma.sim.ni.da
마십니다.
馬.心.妮.打

她喝啤酒。

動詞述語的「마십니다」（喝），是主語「她」的動作。例句（1）只有主語「그녀」（她）和述語的動詞「마십니다」（喝），沒有補語，讓人家不知道是喝什麼；例句（2）很清楚地知道她喝的是「啤酒」。

4 補上彩妝
補語

T04

主語跟述語是一個句子的主要中心。但是，有時候，單靠述語是沒有辦法把意思說清楚的，這時就需要補語這樣的角色，來把意思進行補充說明。補語一般放在述語的前面。

補語就像把一張素顏的臉龐，補上彩妝一樣，把面貌修補得更完美。

補語一般以「名詞＋助詞」的形式，跟述語保持一定的關係。補語的種類有：對象、場所、手段、材料、範圍、變化的結果…等。

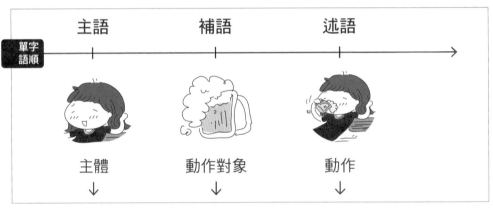

(1)
maek.jju.reur
맥주를
妹. 阻. 路

啤酒。

(2)
geu.nyeo.neun　　maek.jju.reur　　ma.sim.ni.da
그녀는　　**맥주를**　　**마십니다.**
古. 牛. 嫩　　妹. 阻. 路　　馬. 心. 妮. 打

她喝啤酒。

「그녀는 맥주를 마십니다.」（她喝啤酒。）中，補語以「맥주（啤酒）＋를」的形式，跟動詞述語「마십니다」（喝）構成「動作對象」的關係。也就是說「마십니다」（喝）需要有一個動作的對象，那個對象就是補語「맥주」，再加補語助詞「를」。

5 讓意思更清楚
修飾語

T05

　　大熱天，為了消暑，一口氣喝下啤酒，能瞬間刺激喉嚨，全身感覺清爽！要說「他一口氣喝了啤酒。」其中「一口氣」就是這個單元要說的「修飾語」了。

　　「修飾」就是讓句子的內容更詳細、明確的意思。就像一個造型設計師，把一個五官平凡的女孩，打造成五官立體，摩登的女孩一樣。

　　修飾語一般放在被修飾語的前面。

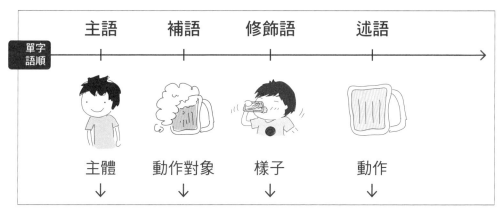

🔊 (1)

geu.neun	maek.jju.reur		ma.syeont.seum.ni.da	
그는	맥주를		마셨습니다.	他喝了啤酒。
古.嫩	妹.阻.入		馬.休.師母.妮.打	

🔊 (2)

geu.neun	maek.jju.reur	dan.su.me	ma.syeont.seum.ni.da	
그는	맥주를	단숨에	마셨습니다.	他一口氣喝了啤酒。
古.嫩	妹.阻.入	蛋.樹.梅	馬.休.師母.妮.打	

　　例句（1）只說他喝了啤酒。例句（2）加入修飾語「단숨에」（一口氣）來修飾後面的動詞「마셨습니다」（喝），更清楚表現出狀態是「一口氣」的。

代名詞：你我他這樣說

你	**당신** dang.sin
你	**너** neo
我	**저** cheo
在下	**나** na
他	**그** geu
她	**그녀** geu.nyeo
你們	**당신들** dang.sin.deul
我們	**저희** jeo.hi
我們，咱們	**우리** u.ri
他們	**그들** geu.deul
她們	**그녀들** geu.nyeo.deul
親愛的	**자기야** ja.gi.ya
大家	**여러분** yeo.reo.bun
女人	**여자** yeo.ja

練習問題

❶ 照語順寫句子

依照下面的語順，改成一個完整的韓語句子。

1. 她 → 音樂 → 聽
   음악　듣습니다

---

2. 他 → 韓語 → 教
   한국어　가르칩니다

---

3. 我 → 飯 → 慢慢地 → 吃
   밥　천천히　먹습니다

---

❷ 排排看

請把盒子裡的字，排成正確的句子。

1.

주스 / 를 / 는 / 나 / 마십니다

주스＝果汁

2.

씻습니다 / 접시 / 당신 / 은 / 를

씻습니다＝洗；접시＝盤子

 做什麼

 T06

（一）主語 + 述語

　　基本句中的「做什麼」語順是「主語＋述語」。主語是由助詞「가 [ga] ／이 [i]」來表示。接續方式是「母音結尾的名詞＋는 [neun]；子音結尾的名詞＋은 [eun]」。

　　如：「비가 내립니다.」（下雨。）、「새가 납니다.」（鳥飛。）、「꽃이 있습니다.」（有花。）等。這時候述語的「내립니다、납니다、있습니다」等表示動作、作用、狀態及存在的單字，就叫動詞。

　　中文說「下雨」，動詞是在前面，主語是在後面。而韓語的語順剛好是相反的，把動詞「下」放在主語「雨」的後面，當然主語要用助詞「가」來表示囉！語順是：

話題가 / 이＋動作。

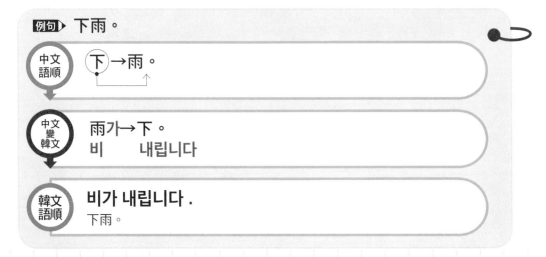

例句▶ 下雨。

中文語順　下→雨。

中文變韓文　雨가→下。
　　　　　　비　　內립니다

韓文語順　비가 내립니다.
　　　　　下雨。

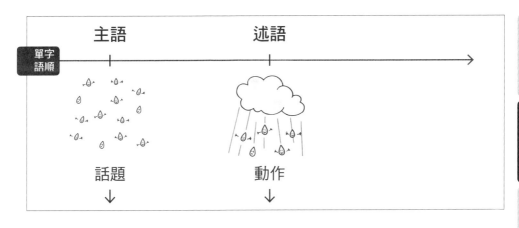

主語	述語
話題	動作
↓	↓

單字語順

◀)) (1)
bi.ga.
비가.
皮. 卡

雨。

◀)) (2)
bi.ga
비가
皮. 卡

nae.rim.ni.da
내 립 니다.
內.力母.妮. 打

下雨。

　　以一個句子為基本，然後再發展成更長的
句子，這個基本的句子，就叫基本句。上面的
例句（1）只提到「雨」，沒有後面的述語，
所以不是完整的句子。例句（2）有主語跟述
語，這樣才算完整的句子。

第一天
第二天
第三天
第四天
第五天

（二）主語＋補語＋述語 1

　　基本句中，還有中間加入補語的「主語＋補語＋述語」的基本句。其中補語是由助詞「를 [reur]／을 [eur]」來表示的。這裡的補語是承受述語動作的對象的人或物。接續方式是「母音結尾的名詞＋를；子音結尾的名詞＋을」。

　　而述語部分的動詞，需要有個補語，來當作承受動作的對象。這時候表示主語的助詞用「는 [neun]／은 [eun]」，接續方式是「母音結尾的名詞＋는；子音結尾的名詞＋은」。

　　「韓國人喝味噌湯」這句語順是將動作「喝」移到句尾。然後助詞各自發揮作用，主詞用「은」，補語用「을」表示。注意喔！韓語的語順中，動詞往往是放在句尾的喔。語順是：

主體는／은＋動作對象를／을＋動作。

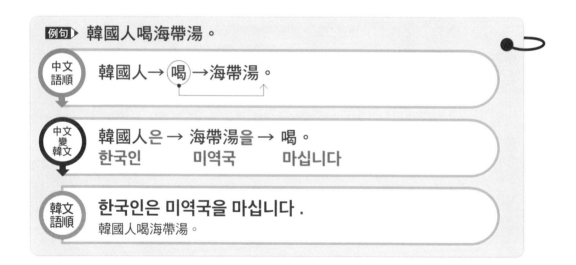

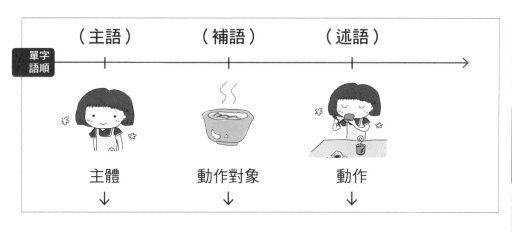

（主語）　　（補語）　　（述語）

單字語順

主體　　　　動作對象　　　　動作
↓　　　　　　↓　　　　　　↓

(1)
han.gu.gi.neun
한국인은
韓.姑.幾.嫩

ma.sim.ni.da
마십니다.
馬.心.妮.打

韓國人喝。

(2)
han.gu.gi.neun
한국인은
韓.姑.幾.嫩

mi yeok.ggu.geur
미역국을
米.有苦.姑.股

ma.sim.ni.da
마십니다.
馬.心.妮.打

韓國人喝
海帶湯。

主語就是做這個動作的人囉！韓語中補語一般是在述語的前面。

漫畫比比看

한국인은 마십니다.
韓國人喝。

1

한국인은 미역국을 마십니다.
韓國人喝海帶湯。

2

　　上面例句（1）主語喝什麼呢？沒有承受喝這個動作的對象，所以意思就顯得不夠完整。為了讓「마십니다」（喝）有個對象，也讓意思能完整呈現，所以例句（2）加入補語「미역국」（海帶湯）後接補語助詞「을」。

（三）主語 + 補語 + 述語 2

韓語中的動詞，也會因為動詞述語的不同，而使用不同的補語助詞。

除了「을 [eur]」之外，還有書童「와 [wa]」、「로 [ro]」、「에 [e]」、「에서 [e.seo]」、「까지 [kka.ji]」、「도 [do]」等，都可以當作補語助詞的。

要說「我和朋友吵架。」就把「和」移到朋友的後面，就行啦！這句話，中文的動詞很乖地跑到後面，所以比較簡單啦！語順是：

主體는 / 은 + 動作對象와 + 動作。

例句▶ 我和朋友吵架了。

中文語順　我→和→朋友 →吵架了。

中文變韓文　我는→朋友→和→吵架了。
　　　　　　나　친구　와　싸웠습니다

韓文語順　나는 친구와 싸웠습니다 .
　　　　　　我和朋友吵架了。

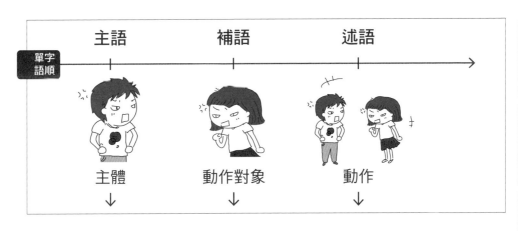

🔊 (1)
na.neun
나는
那. 嫩

ssa.wot.seum.ni.da
싸웠 습 니다.
沙.我.師母.妮. 打

我吵架了。

🔊 (2)
na.neun
나는
那. 嫩

chin.gu.wa
친구와
親. 姑. 娃

ssa.wot.seum.ni.da
싸웠 습 니다.
沙.我.師母.妮. 打

我和朋友
吵架了。

　　這句話的「싸웠습니다」（吵架了）是「싸우다」（吵架）的過去式。過去式用「語幹是陽母音＋았다；語幹是陰母音＋었다」表示事情已經過去了，是在說話之前的事。也就是「싸우다＋었다 ＝싸웠다」，正式且尊敬的說法是「싸웠습니다」。過去式請看 Day4 第一課。

漫畫比比看

나는 싸웠습니다.
我吵架了。

1

나는 친구와 싸웠습니다.
我和朋友吵架了。

2

　　上面例句（1）只提到我吵架了，沒有述語動詞「싸웠습니다」（吵架）的補語，所以不知道跟誰吵架；例句（2）加上了補語「朋友」，才知道吵架的對象，整個句子就很清楚了。

（四）有兩個以上的補語

　　有些動詞述語，不僅只有一個補語，而是有兩個補語。如：「어머니는 나에게 돈을 건넵니다.」（媽媽給我錢。）中主語是「어머니 [eo.meo.ni]」（媽媽），做的動作是「건넵니다 [geon.nem.ni.da]」（給），先拿錢在手上，所以直接補語是「돈 [don]」（錢），然後給間接的補語「나 [na]」（我）。

　　從這裡可以清楚看到，間接補語用助詞「에게 [e.ge]」 表示，直接補語用助詞「을 [eur]」表示。

　　「媽媽給我錢。」這句話，從中文語順來進行變化的話，就是把動作「給」移到句尾，就行啦！語順是：

主體는 / 은 + 間接對象에게 + 直接對象를 / 을 + 動作。

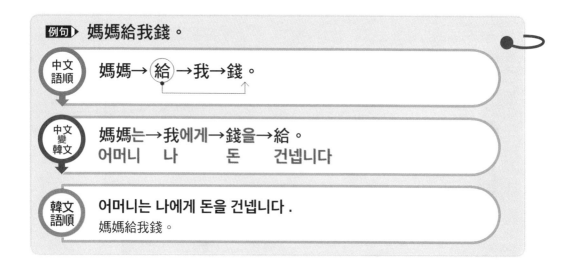

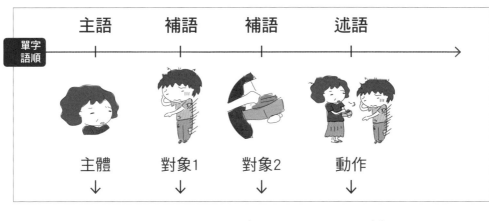

主語	補語	補語	述語
主體	對象1	對象2	動作
↓	↓	↓	↓

(1)
eo.meo.ni.neun		do.neur	geon.nem.ni.da	
어머니는		**돈을**	**건넵니다.**	媽媽給錢。
喔.某.妮.嫩		土.呢耳	幹.能.妮.打	

(2)
eo.meo.ni.neun	na.e.ge	do.neur	geon.nem.ni.da	
어머니는	**나에게**	**돈을**	**건넵니다.**	媽媽給我錢。
喔.某.妮.嫩	那.愛.給	土.呢耳	幹.能.妮.打	

漫畫比比看

어머니는 돈을 건넵니다 .
媽媽給錢。

1

어머니는 나에게 돈을 건넵니다 .
媽媽給我錢。

2

　　上面例句（1）只知道媽媽把錢遞了出去，不知道是給誰；例句（2）加入「나에게」（給我）用助詞「에게」來表示間接的對象，也就是給錢的對象，原來是「나」。

動詞變化

❶ 하다體 [ha.da]（辭書形）

　　韓語裡的動詞結尾以「다 [da]」結束的叫「하다體 [ha.da]」，由於詞典裡看到的也是這一形，所以又叫辭書形（也叫基本形、原形）。韓語的動詞結尾是會變化的，例如「去」這個動詞的原形是「가다 [ga.da]」，在華語中，如果要說「不去」，只要加上「不」，但韓語動詞結尾「가다」的「다」要進行變化，來表示「不」的意思，而沒有變化的「가」叫做語幹。形容詞的變化也是一樣的。

✐ 動詞

原　　形		語　　幹
가다 [ga.da]（去）	→	가 [ga]
먹다 [meok.dda]（吃）	→	먹 [meok]
팔다 [pal.da]（賣）	→	팔 [pal]
타다 [ta.da]（搭乘）	→	타 [ta]

❷ 합니다體 [ham.ni.da]

　　就是把語尾的「다 [da]」變成「ㅂ니다 [b.ni.da]/ 습니다 [seum.ni.da]」就行啦！這是最有禮貌的結束方式。聽韓國的新聞播報，就可以常聽到這一說法。「母音語幹結尾＋ㅂ니다 [b.ni.da]; 子音語幹結尾＋습니다」。「母音語幹結尾＋ㅂ니다」的「ㅂ」接在沒有子音的詞，被當作子音（收尾音）。這種活用規則，動詞、形容詞、存在詞、指定詞都適用。

基本句型 {
母音語幹結尾 + ㅂ니다 [b.ni.da]
子音語幹結尾 + 습니다 [seum.ni.da]
}

原　形	語幹	합니다體
가다 [ga.da]（去） →	가 [ga] →	갑니다 [gam.ni.da]
서다 [seo.da]（站立） →	서 [seo] →	섭니다 [seom.ni.da]
싸다 [ssa.da]（便宜） →	싸 [ssa] →	쌉니다 [ssam.ni.da]
앉다 [an.dda]（坐下） →	앉 [an] →	앉습니다 [an.seum.ni.da]
먹다 [meok.dda]（吃） →	먹 [meog] →	먹습니다 [meok.seum.ni.da]

❸ 해요體 [hae.yo]

就是把語尾的「다 [da]」變成「아요 [a.yo]/ 어요 [eo.yo]」就行啦！這是一般口語中常用到的客氣但不是正式的平述句語尾「～요 [yo]」的「해요體 [hae.yo]」。這是首爾的方言，由於說法婉轉一般女性喜歡用，男性也可以用。至於動詞要怎麼活用呢？那就看語幹的母音是陽母音，還是陰母音來決定了。

□ 語幹的母音是陽母音時

　　什麼是陽母音呢？那就是向右向上的母音「ㅏ、ㅑ、ㅗ、ㅛ、ㅘ」了。例如「살다 [sal.da]（活著）」、「닫다 [dat.dda]（關閉）」、「옳다 [ol. ta]（正確）」等，語幹是陽母音的動詞，就要用「語幹＋아 [a]＋요 [yo]」的形式了。只要記住「아 [a]」的「ㅏ [a]」也是陽母音，就簡單啦！

陽母音語幹＋아[a]＋요[yo]

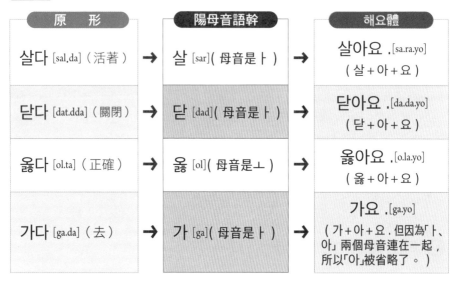

原　形	陽母音語幹	해요體
살다 [sal.da]（活著） →	살 [sar]（母音是ㅏ） →	살아요 . [sa.ra.yo] （살＋아＋요）
닫다 [dat.dda]（關閉） →	닫 [dad]（母音是ㅏ） →	닫아요 . [da.da.yo] （닫＋아＋요）
옳다 [ol.ta]（正確） →	옳 [ol]（母音是ㅗ） →	옳아요 . [o.la.yo] （옳＋아＋요）
가다 [ga.da]（去） →	가 [ga]（母音是ㅏ） →	가요 . [ga.yo] （가＋아＋요．但因為「ㅏ、아」兩個母音連在一起，所以「아」被省略了。）

□ 語幹的母音是陰母音時

　　陽母音以外的母音叫「陰母音」，有「ㅓ、ㅕ、ㅜ、ㅠ、ㅡ、ㅣ」。例如：「묻다 [mut.da]（埋葬）」、「서다 [seo.da]（站立）」等，語幹是陰母音的動詞，就要用「語幹＋어 [eo]＋요 [yo]」的形式了。只要記住「어 [eo]」的「ㅓ [eo]」也是陰母音，就簡單啦！

陰母音語幹＋어[eo]＋요[yo]

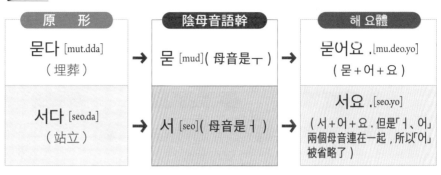

原　　形	陰母音語幹	해요體
묻다 [mut.dda]（埋葬） →	묻 [mud]（母音是ㅜ） →	묻어요 . [mu.deo.yo]（묻＋어＋요）
서다 [seo.da]（站立） →	서 [seo]（母音是ㅓ） →	서요 . [seo.yo]（서＋어＋요 . 但是「ㅓ、어」兩個母音連在一起 , 所以「어」被省略了）

❹ 半語體

只要把「해요體 [hae.yo]」最後的「요 [yo]」拿掉就行啦！半語體用在上對下或親友間。在韓國只要是長輩或是陌生人，甚至只大你一歲的人，都不要用「半語體」，否則不僅會被覺得很沒禮貌，還可能會被碎碎念哦！至於動詞要怎麼活用呢？那也是看語幹的母音來決定了。

□ 語幹的母音是陽母音（ㅏ、ㅑ、ㅗ、ㅛ、ㅘ）時

跟「해요體 [hae.yo]」的活用一樣，最後只要不接「요 [yo]」就行啦！也就是「語幹＋아 [a]」的形式了。

陽母音語幹＋아[a]

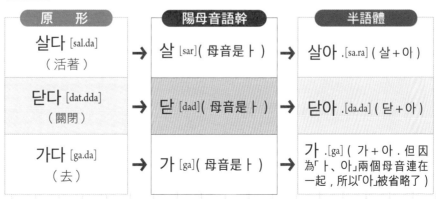

原　　形	陽母音語幹	半語體
살다 [sal.da]（活著） →	살 [sar]（母音是ㅏ） →	살아 . [sa.ra]（살＋아）
닫다 [dat.dda]（關閉） →	닫 [dad]（母音是ㅏ） →	닫아 . [da.da]（닫＋아）
가다 [ga.da]（去） →	가 [ga]（母音是ㅏ） →	가 . [ga]（가＋아 . 但因為「ㅏ、아」兩個母音連在一起 , 所以「아」被省略了）

□ 語幹的母音是陰母音時

　　跟「해요體[hae.yo]」的活用一樣，最後只要不接「요[yo]」就行啦！
也就是「語幹＋어[a]」的形式了。

✏ 陰母音語幹＋어[a]

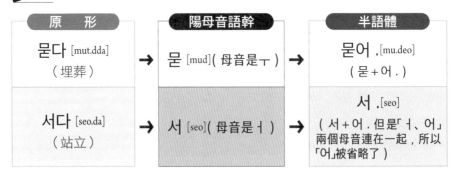

原　　形	陽母音語幹	半語體
묻다 [mut.dda]（埋葬）	→ 묻 [mud]（母音是ㅜ）	→ 묻어 .[mu.deo]（묻＋어 .）
서다 [seo.da]（站立）	→ 서 [seo]（母音是ㅓ）	→ 서 .[seo]（서＋어 . 但是「ㅓ、어」兩個母音連在一起，所以「어」被省略了）

□ 하變則用言（名詞＋하다[ha.da]）

　　韓語中，還有一種動詞用的是「名詞＋하다 [ha.da]」的形式。叫做
「하變則用言」（又叫하다用言、여 [yeo] 變則用言）。例如：

基本形→하다（사랑하다）[ha.da (sa.rang.ha.da)]

客氣正式→합니다（사랑합니다）[ham.ni.da (sa.rang.ham.ni.da)]

客氣非正式→해요（사랑해요）[hae.yo (sa.rang.hae.yo)]

名詞＋하다	하變則用言
愛＋하다	→ 사랑하다 .[sa.rang.ha.da]（喜愛。）
感謝＋하다	→ 감사하다 .[gam.sa.ha.da]（感謝。）
多情＋하다	→ 다정하다 .[da.jeong.ha.da]（多情、親切。）

練習問題

❶ 照語順寫句子

依照下面的語順，改成一個完整的韓語句子。

1. <u>風</u> → <u>吹</u>
　　바람　　붑니다

_____

2. <u>哥哥</u> → <u>她</u> → <u>和</u> → <u>約會</u>
　　　　　　　　　　　　데이트합니다

_____

3. <u>蔬果店</u> → <u>她</u> → <u>給</u> → <u>白蘿菠</u> → <u>賣</u>
　　야채가게　　　　　　　　　　무　　　　팔았습니다

_____

❷ 排排看

請把盒子裡的字，排成正確的句子。

1. 어머니　는　숙제　에게　를　가르칩니다　어린이

_____

가르칩니다＝教；숙제＝功課

2. 맥주　아버지　는　를　삽니다

_____

삽니다＝購買；맥주＝啤酒

 # 2 怎樣的

 T07

（一） 主語 + 述語

　　基本句的「怎樣的」，又叫形容詞句。形容詞句的述語是形容詞。形容詞是說明客觀事物的性質、狀態或主觀感情、感覺的詞。而主語是用助詞「가 [ga]/ 이 [i]」跟「는 [neun]/ 은 [eun]」來表示的。接續方式跟動詞一樣。

　　表示尊重的語尾接續是「母音語幹結尾＋ㅂ니다 [b.ni.da]；子音語幹結尾＋습니다 [seum.ni.da]」。

　　韓語的形容詞句的語順是「主語＋述語」，這對我們而言比較好理解。例如，中文說「風很涼」，就只要直接照著中文語順走就好了。當然主語的助詞「가 / 이」或「는 / 은」要記得接在主語的後面囉！語順是：

話題가 / 이 ; 는 / 은＋**狀態**。

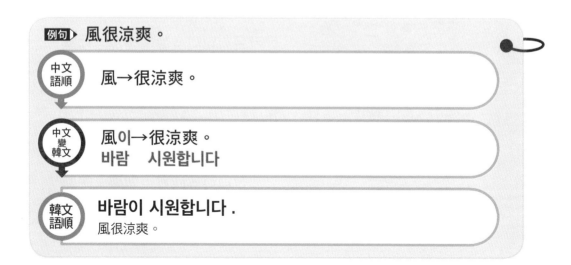

例句▶ 風很涼爽。

中文語順　風→很涼爽。

中文變韓文　風이→很涼爽。
바람　시원합니다

韓文語順　바람이 시원합니다 .
風很涼爽。

[1] 形容詞的합니다體

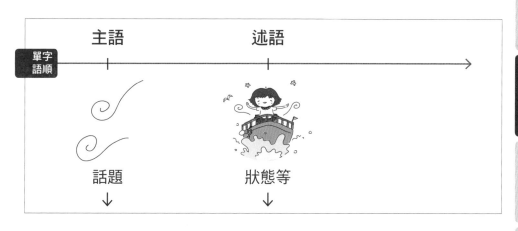

單字語順	主語	述語
	話題	狀態等

(1) **바람이**
ba.ra.mi
拔.拉.米

風。（助詞「이」）

(2) **시원합니다.**
si.won.ham.ni.da
西.旺.航.妮.打

涼爽。（述語原形是「시원하다」）

(3) **바람이** **시원합니다.**
ba.ra.mi si.won.ham.ni.da
拔.拉.米 西.旺.航.妮.打

風很涼爽。

　　「바람이 시원합니다.」（風很涼。）這一句話，是敘述「風」的形容詞句。首先，「風」是這個句子的主語，也是主題，主語助詞是「이」。對於風所進行的描述是後接的形容詞「시원하다」（涼爽）。最後是表示尊重的합니다體，由於「母音語幹結尾＋ㅂ니다」所以變化方式是：

　　「시원하다→시원하（ㅏ是母音語幹結尾）→시원하＋ㅂ니다＝시원합니다」。

　　形容詞變化請看 37 頁。另外，韓語單純的敘述「바람이 시원합니다.」（風涼。）為了翻譯上語意的通順而加上「很」字，成為「風很涼」。

[2] 形容詞的해요體

主語　　　　　述語

單字語順

話題　　　　　狀態等
↓　　　　　　↓

(1) ya.gyeong.i
야경이
呀.宮.衣

夜景。（助詞「이」）

(2) ye.ppeo.yo
예뻐요.
也.撥.喲

很美麗。（原形「예쁘다」）

(3) ya.gyeong.i
야경이
呀.宮.衣
ye.ppeo.yo
예뻐요.
也.撥.喲

夜景很美麗。

　　首爾的百萬夜景，真的值得一看的喔！這句話是根據「夜景」來進行描述的。主語是「야경」（夜景），也是主題。主語助詞是「이」，對夜景所進行的描述是後接的形容詞「예쁘다」（美麗）。

　　這裡的「예쁘다」是基本形，非正式但客氣的說法是해요體的「예뻐요」，也就是：

　　「예쁘다→예쁘（ㅡ是陰母音）→예ㅃ＋어＋요＝예뻐요」變化而來的。

　　其中「쁘」的「ㅡ」由於接「어」所以有脫落的現象。這一說法常用在口語上。如果要說的正式又尊敬就用「예쁩니다」。

[3] 形容詞的半語體

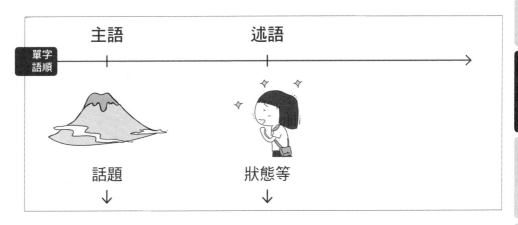

單字語順	主語	述語
	話題 ↓	狀態等 ↓

🔊 (1)
nae.jang.sa.neun
내장산은
內.張.沙.嫩

內藏山。（助詞「은」）

🔊 (2)
a.reum.da.weo
아름다워.
阿.樂母.打.我

很美。（述語原形是「아름답다」）

🔊 (3)
nae.jang.sa.neun
내장산은
內.張.沙.嫩
a.reum.da.weo
아름다워.
阿.樂母.打.我

內藏山很美。

　　半語體是用在上對下或親友之間。這句話是描述「내장산」（內藏山）的形容詞句。首先，「내장산」是這個句子的主語，主語助詞是「은」。對於內藏山所進行的敘述是後接的形容詞原形是「아름답다」（美麗），改成半語體就是「아름다워」。

　　這裡的變化叫「形容詞的ㅂ變則」，也就是形容詞語幹是ㅂ結尾，ㅂ要先脫落，再接「워」變成半語體，過程是：

　　「아름답다→아름답（語幹是ㅂ要先脫落）→아름다＋워＝아름다워」。

　　形容詞的ㅂ變則用法請看 40 頁。

[4] 形容詞的原形

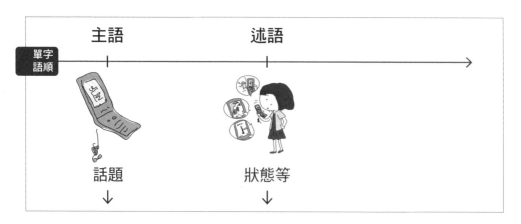

	主語	述語
單字語順		
	話題 ↓	狀態等 ↓

(1) 🔊
hyu.dae.po.neun
휴대폰은
休.貼.普.嫩

手機。（助詞「은」）

(2) 🔊
pyeon.li.ha.da
편리하다.
騙.里.哈.打

很方便。
（述語原形是「편리하다」）

(3) 🔊
hyu.dae.po.neun
휴대폰은
休.貼.普.嫩
pyeon.li.ha.da
편리하다.
騙.里.哈.打

手機很方便。

　　這句話是根據「手機」來進行敘述的形容詞原形句。主語是「手機」，也是主題。主語助詞是「은」， 對手機所進行的描述是後接的形容詞原形「편리하다」（方便）。

（二）有補語的

　　要說「公寓（離車站）很近」，形容詞句就會需要補語了。例如：「맨션은 아주 가깝습니다．」（公寓很近。）這句中，述語「가깝습니다」（很近）的補語是「아주」（很，非常），表示說明主語「맨션은」（公寓）是離車站很近。

　　「公寓很近。」這句話要變成韓語語順，就如前面所提過的，形容詞句的語順比較接近中文語順，所以不會有大幅的移動！語順是：

主體은＋關連內容＋狀態。

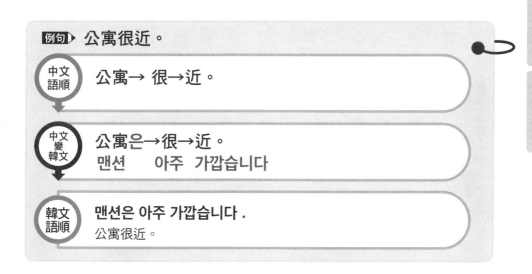

例句▶ 公寓很近。

中文語順：　公寓→ 很→近。

中文變韓文：　公寓은→很→近。
맨션　　아주　가깝습니다

韓文語順：　맨션은 아주 가깝습니다．
公寓很近。

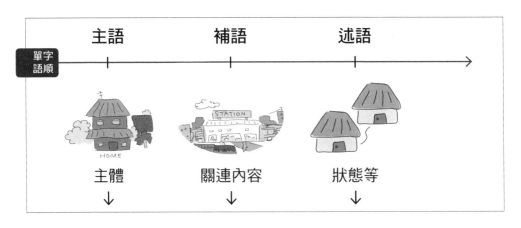

主語	補語	述語
主體	關連內容	狀態等
↓	↓	↓

(1)
maen.syeon.neun
맨션은
免.兄.嫩

ga.kkap.seum.ni.da
가깝 습 니다. 公寓近。
卡.卡普.師母.妮.打

(2)
maen.syeon.neun
맨션은
免.兄.嫩

a.ju
아주
阿.阻

ga.kkap.seum.ni.da
가깝 습 니다. 公寓很近。
卡.卡普.師母.妮.打

漫畫比比看

1
맨션은 가깝습니다 .
公寓近。

2
맨션은 아주 가깝습니다 .
公寓很近。

　　例句（1）只知道「公寓近」，但是有多近呢？沒有明確說明；例句（2）很清楚地用補語「아주」（很、非常），說出距離近的兩個點「公寓」跟「車站」！

形容詞的變化

❶ 하다體 [ha.da]（辭書形）

　　韓語的形容詞變化跟動詞一樣，結尾以「다 [da]」結束的叫「하다體 [ha.da]」，由於詞典裡看到的也是這一形，所以又叫辭書形（也叫基本形、原形）。韓語的形容詞詞尾是會進行變化的。例如「鹹的」這個形容詞的原形是「짜다」，在華語中，如果要說「不鹹」，只要加上「不」就行啦！但韓語的「不」是用「語幹＋지 않다」來表現，因此要表示「不鹹」就要這樣變化「짜다：짜＋지 않다→짜지 않다」，而沒有變化的「짜」叫做語幹。

✏️ 形容詞

原　　形		語　　幹
크다 [keu.da]（大的）	→	크 [keu]
작다 [jak.dda]（小的）	→	작 [jak]
길다 [gil.da]（長的）	→	길 [gil]
좋다 [jo.ta]（好的）	→	좋 [jot]
덥다 [deop.dda]（熱的）	→	덥 [deob]

❷ 합니다體 [ham.ni.da]

　　就是把語尾的「다[da]」變成「ㅂ니다[b.ni.da]/습니다[seum.ni.da]」就行啦！這是最有禮貌的結束方式。聽韓國的新聞播報，就可以常聽到這一說法。「母音語幹結尾＋ㅂ니다[b.ni.da];子音語幹結尾＋습니다」。「母音語幹結尾＋ㅂ니다」的「ㅂ[b]」接在沒有子音的詞，被當作子音（收尾音）。這種活用規則，動詞、形容詞、存在詞、指定詞都適用。

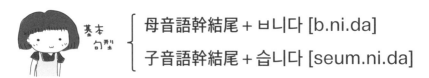

基本句型
母音語幹結尾 + ㅂ니다 [b.ni.da]
子音語幹結尾 + 습니다 [seum.ni.da]

原　形		語　幹		합니다體
좋다 [jo.ta]（好的）	→	좋 [jot]	→	좋습니다 [jot.seum.ni.da]

❸ 해요體 [hae.yo]

　　就是把語尾的「다[da]」變成「아요[a.yo]/어요[eo.yo]」就行啦！這是一般口語中常用到的客氣但不是正式的平述句語尾「～요[yo]」的「해요體[hae.yo]」。這是首爾的方言，由於說法婉轉一般女性喜歡用，男性也可以用。至於形容詞要怎麼活用呢？那就看語幹的母音是陽母音，還是陰母音來決定了。

□ 語幹的母音是陽母音時

　　什麼是陽母音呢？那就是向右向上的母音「ㅏ、ㅑ、ㅗ、ㅛ、ㅘ」了。例如「옳다[ol.ta]（正確）」等，語幹是陽母音的動詞・形容詞，就要用「語幹＋아[a]＋요[yo]」的形式了。只要記住「아[a]」的「ㅏ[a]」也是陽母音，就簡單啦！

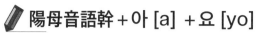 **陽母音語幹＋아 [a] ＋요 [yo]**

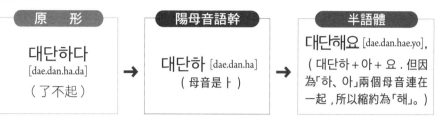

原　形	陽母音語幹	半語體
대단하다 [dae.dan.ha.da] （了不起）	→	대단하 [dae.dan.ha] （母音是ㅏ）	→	대단해요 [dae.dan.hae.yo]， （대단하＋아＋요．但因為「하、아」兩個母音連在一起，所以縮約為「해」。）

□ **語幹的母音是陰母音時**

　　陽母音以外的母音叫「陰母音」，有「ㅓ、ㅕ、ㅜ、ㅠ、ㅡ、ㅣ」。例如：「재미있다 [jae.mi.it.da]（有趣）」等，語幹是陰母音的動詞‧形容詞，就要用「語幹＋어 [eo] ＋요 [yo]」的形式了。只要記住「어 [eo]」的「ㅓ [eo]」也是陰母音，就簡單啦！

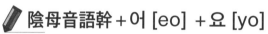 **陰母音語幹＋어 [eo] ＋요 [yo]**

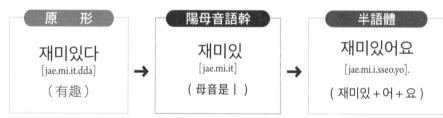

原　形	陽母音語幹	半語體
재미있다 [jae.mi.it.dda] （有趣）	→	재미있 [jae.mi.it] （母音是ㅣ）	→	재미있어요 [jae.mi.i.sseo.yo]. （재미있＋어＋요）

❹ **半語體**

　　只要把「해요體 [hae.yo]」最後的「요 [yo]」拿掉就行啦！半語體用在上對下或親友間。在韓國只要是長輩或是陌生人，甚至只大你一歲的人，都不要用「半語體」，否則不僅會被覺得很沒禮貌，還可能會被碎碎念哦！至於動詞‧形容詞要怎麼活用呢？那也是看語幹的母音來決定了。

第一天　第二天　第三天　第四天　第五天

□ 語幹的母音是陽母音（ㅏ、ㅑ、ㅗ、ㅛ、ㅘ）時

跟「해요體[hae.yo]」的活用一樣，最後只要不接「요[yo]」就行啦！也就是「語幹＋아[a]」的形式了。

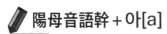 **陽母音語幹＋아[a]**

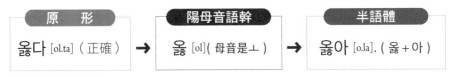

原　形	陽母音語幹	半語體
옳다 [ol.ta]（正確）→	옳 [ol](母音是ㅗ)→	옳아 [o.la].（옳＋아）

□ 語幹的母音是陰母音時

跟「해요體[hae.yo]」的活用一樣，最後只要不接「요[yo]」就行啦！也就是「語幹＋어[a]」的形式了。

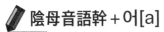 **陰母音語幹＋어[a]**

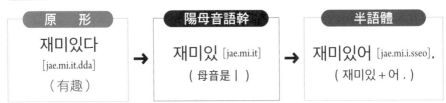

原　形	陽母音語幹	半語體
재미있다 [jae.mi.it.dda]（有趣）→	재미있 [jae.mi.it]（ 母音是ㅣ ）→	재미있어 [jae.mi.i.sseo].（재미있＋어．）

□ ㅂ變則用言

以「ㅂ」結尾的形容詞，「ㅂ」尾音要先脫落，再接「우[u]」，但如果後接「어[eo]/아[a]」，就要將「우」跟「어[eo]/아[a]」結合成「워[wo]」。如「귀엽다[gwi.yeop.tta]」（可愛的），變化方式是「귀엽다→귀엽여＋워=귀여워」。

練習問題

第一天
第二天
第三天
第四天
第五天

❶ 排排看

請把盒子裡的字，排成正確的句子。

1. 멉니다=很遠；학교=學校；
집=家

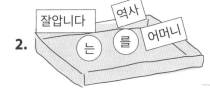

2. 역사=歷史；잘 압니다=很瞭解

❷ 翻譯練習

請把中文句子翻譯成為韓語。

1. 海很藍。（用助詞「가」） 海=바다；藍=푸릅니다

_____

2. 汽車很方便。（用助詞「가」） 汽車=차；方便=편리합니다

_____

3. 山很漂亮。（用助詞「이」） 山=산；很漂亮=예쁩니다

_____

什麼的

　　指定詞或指示詞的基本文「什麼的」語順是「主語＋述語」。它是沒有補語的，而主語的助詞用「는 [neun] / 은 [eun]」。也就是「～는 / 은～입니다 [im. ni.da]」這樣的指定詞句或指示代名詞句。

　　例如，「나는 학생입니다 .」（我是學生。）這裡的「나」（我）是主語，也就是主題，助詞用「는」。當然，原則上主語是要放在句首的啦！述語是「학생」（學生），最後加上「입니다」（是），就把兩者劃上等號了。

　　「我是學生。」這句話的韓語語順，就把「是」往後移就行啦！這裡的「是」相當於韓語的「입니다」，普通體是「다」喔。

主語는 / 은＋述語입니다.

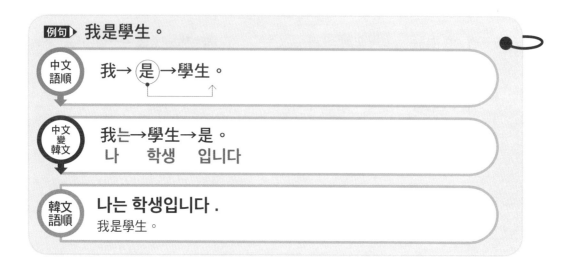

例句▶ 我是學生。

中文語順　我→ 是 →學生。

中文變韓文　我는→學生→是。
　　　　　　나　　學生　입니다

韓文語順　나는 학생입니다 .
　　　　　我是學生。

[1] 主語是名詞

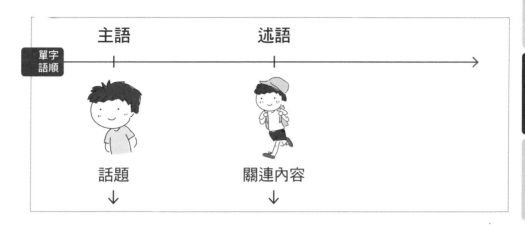

主語	述語
話題	關連內容
↓	↓

單字語順

(1)　na.neun
　　　나는.
　　　那.嫩

我。（主語的助詞「는」）

(2)　na.neun　　　　　hak.saeng.im.ni.da
　　　나는　　　　　학생입니다.
　　　那.嫩　　　　　哈.先.因.妮.打

我是學生。

　　主題是「나」（我），述語是「학생」（學生），但光是這樣還不夠，必須要加入「입니다」（是）才能把兩者劃上等號，說明「我是學生。」這件事。有些人很容易把「는」譯成「是」，這是不對的喔！

[2] 主語是事物指示詞

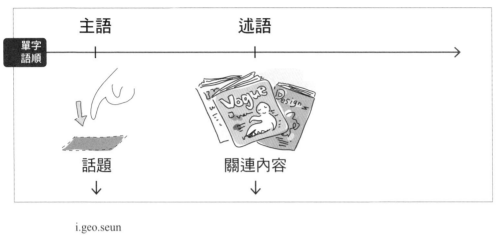

i.geo.seun

(1) 이것은 　　　　　　　　　　　　　這。（主語的助詞是「은」）
衣. 狗. 孫

i.geo.seun 　　　　　jap.jji.im.ni.da

(2) 이것은 　　　잡지입니다. 　　這是雜誌。
衣. 狗. 孫 　　　夾普.幾.因.妮.打

　　上面的例句也是「～는 / 은～입니다」的指示代名詞句，只是主語是事物指示詞。因此，「這是雜誌。」的語順也是把「是」往後移就行啦！語順是：

이것은 + 述語입니다。

　　事物指示代名詞「이것 [i.geot]、그것 [geu.geot]、저것 [jeo.geot]、어느것 [eo.neu.geot]」是一組指示代名詞，用來指示事物。

　　「이것」（這個）指離說話者近的人事物。「그것 」（那個）指離聽話者近的人事物。「저것」（那個）指離說話者跟聽話者都遠的人事物。

「어느것」（哪個）指範圍不確定的人事物。用圖表示，如下：

| 說話人 이것（這個） | 聽話人 그것（那個） |

不明確的 어느것（哪個）

兩者以外的 저것（那個）

[3] 主語是場所指示詞

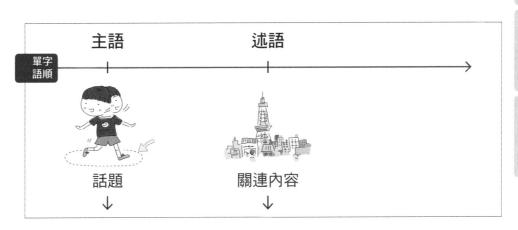

單字語順	主語	述語
	話題 ↓	關連內容 ↓

(1)
yeo.gi.neun
여기는
有. 幾. 嫩

這裡。（主語的助詞是「는」）

(2)
yeo.gi.neun
여기는
有. 幾. 嫩

seo.u.rim.ni.da
서울입니다.
手. 惡. 力母. 妮. 打

這裡是首爾。

045

這也是「～는 / 은～입니다」的指示代名詞句，只是主詞是場所指示詞。所以「這是首爾。」的韓語語順也是把「是」往後移就行啦！語順是：

여기는 ＋ 述語입니다。

「여기 [yeo.gi]、거기 [geo.gi]、저기 [jeo.gi]、어디 [eo.di]」是一組場所指示代名詞。「여기」（這裡）指離說話者近的場所。「거기」（那裡）指離聽話者近的場所。「저기」（那裡）指離說話者和聽話者都遠的場所。「어디」（哪裡）表示場所的疑問和不確定。

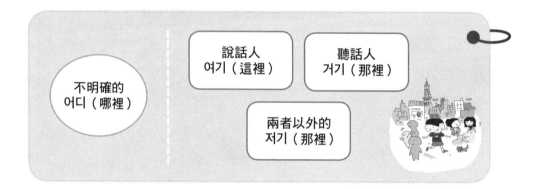

指定詞活用變化

❶ 是～=～입니다 [im.ni.da]（禮貌並尊敬的說法）

到韓國面對年紀比你大的長輩、老師或初次見面的人，要表示高度的禮貌並尊敬對方，說自己「是粉絲」，這個「是～」就用「～입니다 [im.ni.da]」（原形是이다 [i.da]）。只要單純記住「是～=～입니다」就可以啦！無論前面接的名詞是母音結尾或是子音結尾，都直接接「～입니다」就行啦。

基本
句型
{
母音結尾的名詞＋입니다 [im.ni.da].
子音結尾的名詞＋입니다 [im.ni.da].
}

例句▶ 是汽車。

ja.dong.cha　　im.ni.da
자동차　입니다 .
叉.同.擦　　因.妮.打
〔汽車〕　　〔是〕

例句▶ 是粉絲。

pae　　nim.ni.da
팬　입니다.
配　　妮.妮.打
〔粉絲〕　　〔是〕

❷ 是～=～예요 [ye.yo]（客氣但不是正式的說法）

「是～」還有一種用在親友之間，但說法帶有禮貌、客氣，語氣柔和的「～예요 [ye.yo]」。說法比原形的「이다 [i.da]」還要客氣。但禮貌度沒有「입니다 [im.ni.da]」來得高。

基本
句型
{
母音結尾的名詞＋예요 [ye.yo].
子音結尾的名詞＋이에요 [i.e.yo].
}

例句 ▶ 是男性。

nam.ja　　ye.yo

남자　　예요.

男.叉　　也.喲

〔男性〕　〔是〕

例句 ▶ 是粉絲。

pae　　ni.e.yo

팬　　이에요.

配　　妮.也.喲

〔粉絲〕　〔是〕

❸ 是～＝～야 [ya]（上對下或親友間的說法）

看過「冬季戀歌」的人知道嗎？裡面的主角都是同學，所以講的都是「半語」喔！也表示「是～」的「～야 [ya]」用法比較隨便一點，是用在對年紀比自己小，或年紀差不多的親友之間的「半語＝一半的語言」。請注意，對長輩或較為陌生的人，可不要使用喔！對方可能會覺得你很沒有禮貌，而對你有不好的印象喔！

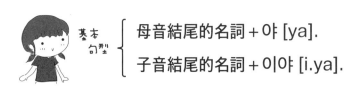

基本句型 ┌ 母音結尾的名詞＋야 [ya].
　　　　└ 子音結尾的名詞＋이야 [i.ya].

例句 ▶ 是手錶。

si.ge　　ya

시계　　야 .

細.給　　牙

〔手錶〕　〔是〕

例句 ▶ 是學校。

hak.ggyo　　ya

학교　　야 .

哈.叫　　牙

〔學校〕　〔是〕

❹ 是～＝～다 [da].（原形的說法）

입니다 [im.ni.da] 的原形是「다 [da] ／이다 [i.da]」。表示「是～」的意思。

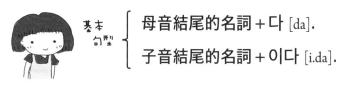

基本句型
母音結尾的名詞＋다 [da].

子音結尾的名詞＋이다 [i.da].

例句▶ 是手錶。

si.ge　　　da

시계　　다.

細.給　　打

〔手錶〕　〔是〕

例句▶ 是桌子。

chaek.sang　　i.da

책상　　이다.

妾可.商　　衣.打

〔桌子〕　〔是〕

整理一下！

	客氣且正式	稍稍客氣	隨　便	原　形
母音結尾	名詞＋ 입니다 [im.ni.da]	名詞＋ 예요 [ye.yo]	名詞＋ 야 [ya]	名詞＋ 다 [da]
子音結尾	名詞＋ 입니다 [im.ni.da]	名詞＋ 이에요 [i.e.yo]	名詞＋ 이야 [i.ya]	名詞＋ 이다 [i.da]

指示代名詞

❶ 指示代名詞

韓語的指示代名詞，就從「이 [i]（這），그 [geu]（那），저 [jeo]（那），어느 [eo.neu]（哪）」學起吧！

	代名詞	連體詞	事 物	場 所
近	이 [i] 這 （離自己近）	이 사람 [i.sa.ram] 這位	이 것 [geot] 這個	여기 [yeo.gi] 這裡
中	그 [geu] 那 （離對方近）	그 사람 [geu.sa.ram] 那位	그것 [geu.geot] 那個	거기 [geo.gi] 那裡
遠	저 [jeo] 那 （離雙方遠）	저 사람 [jeo.sa.ram] 那位	저것 [jeo.geot] 那個	저기 [jeo.gi] 那裡
未知	어느 [eo.neu] 哪（疑問）	어느 분 [eo.neu.bun] 哪位	어느 것 [eo.neu.geot] 哪個	어디 [eo.di] 哪裡

이 [i] 前接名詞，指離說話者近的人事物。

그 [geu] 前接名詞，從說話一方來看，指離聽話者近的人事物。

저 [jeo] 前接名詞，指離說話者跟聽話者都遠的人事物。

어느 [eo.neu] 前接名詞，指範圍不確定的人事物。

例句▶ 這位是誰呢？

i	bu	ni	nu.gu	im.ni	kka
이	분	이	누구	입니	까 ?
衣	樸	妮	努.姑	因.妮	嘎
這	位	×	誰	是	呢

例句▶ （我）喜歡那個。

geu.geo	seur	jo.a.ham.ni.da
그것	을	좋아합니다.
古.勾	思	兒秋.阿.哈母.妮.打
那個	×	喜歡

例句▶ 那棟建築物是我們的校舍。

jeo	geon.mu	ri	u.ri	hak.ggyo	im.ni.da
저	건물	이	우리	학교	입니다.
走	滾.木	里	無.里	哈.叫	因.妮.打
那棟	建築物	×	我們	校舍	是

例句▶ 這裡是哪裡呢?

yeo.gi	neun	eo.di	im.ni	kka
여기	는	어디	입니	까 ?
有.給	能	喔.低	因.妮	嘎
這裡	×	哪裡	是	呢

❷ 指示連體詞

「이 [i]（這），그 [geu]（那），저 [jeo]（那），어느 [eo.neu]（哪）」像連體嬰後面必須要接名詞，不能單獨使用，所以又叫指示連體詞。韓國人在喊別人時，也會用「저 [jeo] ～」（喂～），一邊思考一邊說話的，也會說「그 [geu] ～」（嗯～）。

例句▶ 喜歡這道料理。

i	yo.ri	neun	jo.ha.ham.ni.da
이	요리	는	좋아합니다.
衣	喲.里	能	秋.哈.哈母.妮.打
這道	料理	✕	喜歡

例句▶ 那份套餐多少錢？

geu	ko.seu	neun	eol.ma.ye.yo
그	코스	는	얼마예요 ？
古	庫.思	能	偶而.馬.也.喲
那份	套餐	✕	多少錢

例句▶ 那雙鞋多少錢？

jeo	sin.ba	eun	eol.ma.ye.yo
저	신발	은	얼마예요 ？
走	心.爬	輪恩	偶而.馬.也.喲
那雙	鞋	✕	多少錢

例句▶ 喜歡哪本書呢？

eo.neu	chae	geur	jo.a.ham.ni	kka
어느	책	을	좋아합니	까 ？
喔.呢	切	古兒	秋.哈.哈母.妮	嘎
哪本	書	✕	喜歡	呢

❸ 事物指示代名詞

將「이 [i]、그 [geu]、저 [jeo]、어느 [eo.neu]」加上表示事物的「것 [geot]」就成為事物指示代名詞「이것 [i.geot]、그것 [geu.geot]、저것 [jeo.geot]、어느것 [eo.neu.geot]」，來指示事物。

例句▶ 這是蘋果。

i.geo	seun	sa.gwa	im.ni.da
이것	은	사과	입니다.
衣.勾	順	莎.瓜	因.妮.打
這	×	蘋果	是

例句▶ 那很貴嗎？

geu.geo	seun	bi.ssa.yo
그것	은	비싸요?
古.勾	順	比.撒.喲
那	×	很貴嗎？

例句▶ 那不是麵包。

jeo.geo	seun	ppang	i	a.ni.ye.yo
저것	은	빵	이	아니예요.
走.勾	順	幫	衣	阿.妮.也.喲
那	×	麵包	×	不是

例句▶ 筆記本是哪個？

no.teu	neun	eo.neu.geo	sim.ni	kka
노트	는	어느것	입니	까 ?
奴.特	能	喔.呢.勾	心.妮	嘎
筆記本	×	哪個	是	？

❹ 場所指示代名詞

場所指示代名詞，有些不一樣，「여기 [yeo.gi]、거기 [geo.gi]、저기 [jeo.gi]、어디 [eo.di]」。這一回我們來介紹韓語的存在詞。存在詞就是表示有某人事物或是沒有某人事物的詞。

例句▶ 哥哥！（看）這裡！

o.ppa	yeo.gi.yo
오빠~	여기요！
歐.巴	有.給.喲
哥哥	這裡

例句▶ 這裡是首爾。

yeo.gi	neun	seo.u	rim.ni.da
여기	는	서울	입니다.
有.給	能	瘦.無	林.妮.打
這裡	✕	首爾	是

例句▶ 那裡是便利商店。

geo.gi	neun	pyeo.ni.jeo	mi.ye.yo
거기	는	편의점	이예요.
勾.給	能	騙.妮.走	迷.也.喲
那裡	✕	便利商店	是

例句▶ 那裡是郵局。

jeo.gi	neun	u.che.gu	gi.e.yo
저기	는	우체국	이에요.
走.給	能	無.切.姑	給.也.喲
那裡	✕	郵局	是

例句▶ 廁所在哪裡？

hwa.jang.si	reun	eo.di	im.ni	kka
화장실	은	어디	입니	까？
化.張.細	輪恩	喔.低	因.妮	嘎
廁所	✕	哪裡	在	呢

練習問題

❶ 照語順寫句子

依照下面的語順，改成一個完整的韓語句子。

1. 這裡 → <u>百貨公司</u> → 是
　　　　　백화점

_____

2. 這 → <u>蘋果</u> → 是
　　　 사과

_____

3. 那 → <u>我的</u> → <u>筆記本</u> → 是
　　　 제　　　 노트

_____

❷ 排排看

請把盒子裡的字，排成正確的句子。

1.

저기 ＝ 那裡；화장실 ＝ 廁所

2.

아버지 ＝ 父親；샐러리맨 ＝ 上班族

❸ 翻譯練習

請把中文句子翻譯成為韓語。

1. 爸爸是社長。　　　　　　　　　　　社長 ＝ 사장

_____

2. 這是錢包。　　　　　　　　　　　　錢包 ＝ 지갑

_____

1 行為的對手、目標 T09

（一）一個補語

　　韓語說「我跟她結婚。」，就說「나는 그녀와 결혼합니다」，述語動詞「결혼합니다」（結婚），前面要接的是補語（結婚的對象）「그녀」（她），補語助詞要用「와 [wa]/ 과 [gwa]」（跟），「母音＋와；子音＋과」。

　　所以「我跟她結婚。」的韓語語順是將介詞「跟」移到「她」的後面。

　　中文的介詞「跟」，在這裡相當於韓語助詞「와」，而這句有補語的動詞句，助詞是「와」。助詞要接在補語後面，所以「跟」當然要在「她」的後面啦！語順是：

主體는＋對手와 / 과＋動作。

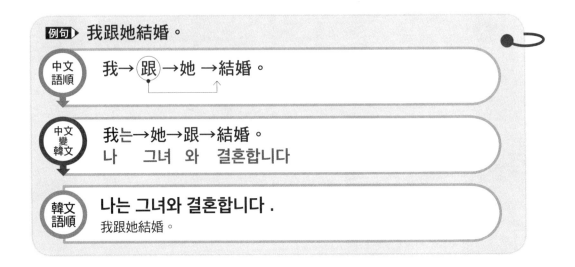

例句▶ 我跟她結婚。

中文語順：我→（跟）→她 →結婚。

中文變韓文：我는→她→跟→結婚。
　　　　　　나　그녀　와　결혼합니다

韓文語順：**나는 그녀와 결혼합니다 .**
　　　　　我跟她結婚。

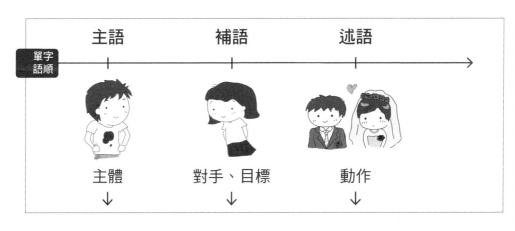

	主語	補語	述語

單字語順

主體　　　　　　對手、目標　　　　　　動作
↓　　　　　　　　↓　　　　　　　　　↓

（1）
na.neun
나는
那.嫩

gyeol.hon.ham.ni.da
결혼합니다.
勾兒.紅.航.妮.打

我結婚。

（2）
na.neun
나는
那.嫩

geu.nyeo.wa
그녀와
古.牛.娃

gyeol.hon.ham.ni.da
결혼합니다.
勾兒.紅.航.妮.打

我跟她結婚。

「와」（跟）前面接對象，表示跟這個對象互相進行某動作，例如：結婚、吵架或偶然在哪裡碰面等，必須有對象才能進行的動作。

漫畫比比看

나는 결혼합니다.
我結婚。
1

나는 그녀와 결혼합니다.
我跟她結婚。
2

　　例句（1）只提到我要結婚了，卻沒有提到要和誰結婚；例句（2）看前面是她，就清楚知道我的結婚對象是她啦！

（二）兩個補語

 T09

結婚戒指，是一個很特別的珠寶，因為它代表的是一生的回憶，一旦戴上了就要負起對彼此的信任跟誓言喔！

有些動詞述語只有一個補語，有些就有兩個補語。例如「我送了某物給某人」，「某人」是間接補語，在前面；「某物」是直接補語，就要在後面。

因此，「我送了戒指給她。」的韓語語順是將動詞「送了」先移到句尾，表示物的直接補語「戒指」移到動詞前，表示人的「她」要在「戒指」之前，介詞「給」要接在「她」的後面。語順是：

主體는＋間接對象（人）에게＋直接對象（物）를＋動作。

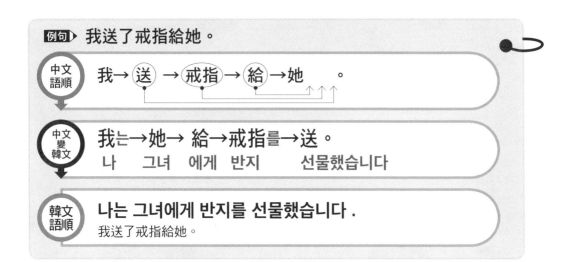

例句▶ 我送了戒指給她。

中文語順
我→送→戒指→給→她　。

中文變韓文
我는→她→給→戒指를→送。
나　그녀　에게　반지　선물했습니다

韓文語順
나는 그녀에게 반지를 선물했습니다 .
我送了戒指給她。

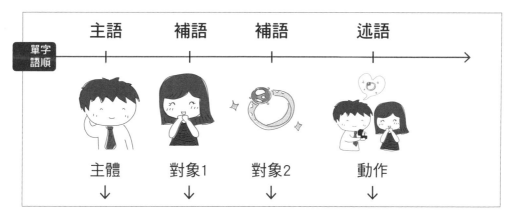

主語	補語	補語	述語
主體	對象1	對象2	動作
↓	↓	↓	↓

(1)
na.neun
나는
那. 嫩

seon.mul.haet.seum.ni.da
선물했습니다.
松. 母. 內.師母.妮. 打

我送了。

(2)
na.neun
나는
那. 嫩

ban.ji.reur
반지를
胖. 奇. 入

seon.mul.haet.seum.ni.da
선물했습니다.
松. 母. 內.師母.妮. 打

我送了
戒指。

(3)
na.neun
나는
那. 嫩

geu.nyeo.e.ge
그녀에게
古. 牛.愛. 給

ban.ji.reur
반지를
胖. 奇. 入

seon.mul.haet.seumni.da
선물했습니다.
松. 母. 內.師母.妮. 打

我送了戒
指給她。

　　我們來比較一下，助詞「에게 」（給）是指單一方給另一方的動作；助詞「와」（跟）是指結婚啦！吵架啦！一個人沒辦法做的雙方相互的動作。

漫畫比比看

1
나는 선물했습니다 .
我送了。

2
나는 반지를 선물했습니다 .
我送了戒指。

3
나는 그녀에게 반지를 선물했습니다 .
我送了戒指給她。

　　例句（1）只提到「我送了」，但不知道送什麼禮物；例句（2）加入一個補語，直接對象的「指輪」，知道動詞述語「送」的對象是「指輪」，就知道男性送出的是戒指；例句（3）再加入第二個補語，間接對象的「她」，更清楚知道「送戒指」這個動作，是要給「她」的。

練習問題

❶ 照語順寫句子

依照下面的語順，改成一個完整的韓語句子。

1. 他 → <u>教授</u> → 跟 → <u>見面</u>
　　　　　교수　　　　　　　만납니다

_____

2. <u>我們</u> → 他 → 給 → <u>禮物</u> → <u>送</u>
　　우리들　　　　　　　　선물　　주었습니다

_____

3. 我 → 她 → 給 → <u>電子郵件</u> → <u>寄</u>
　　　　　　　　　　　메일　　　　보냈습니다

_____

❷ 排排看

請把盒子裡的字，排成正確的句子。

1.

선생님＝老師；
상의합니다＝商量

2.

친구＝朋友；책＝書；
빌려줬습니다＝借（給）

行為的方向及目的

（一）方向及起點

行為的目的之外，還有一個很重要的是，行為所往的場所、行為所開始的場所，句中的位置要在述語的前面。

但是，行為跟所往、所開始的場所，兩者到底是什麼關係。那就需要有「往、從」這樣的記號，表示行為的補語助詞了。這一單元先介紹「에 [e]」（往）、「에서 [e.seo]」（從）這兩個助詞。

「我往公園跑。」語順是把動詞述語的「往」移到句尾，然後補語的所往的場所「公園」以助詞「에」（往）來表示。語順是：

主體는 + 場所에 + 動作。

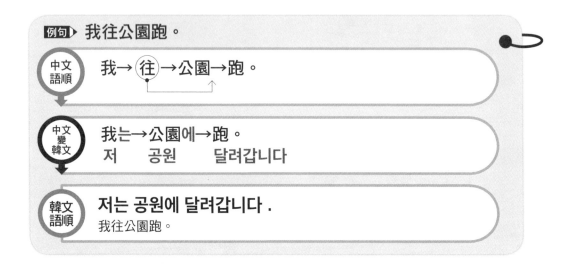

例句▶ 我往公園跑。

中文語順：我 → 往 → 公園 → 跑。

中文變韓文：我는 → 公園에 → 跑。
저　　公원　　달려갑니다

韓文語順：저는 공원에 달려갑니다.
我往公園跑。

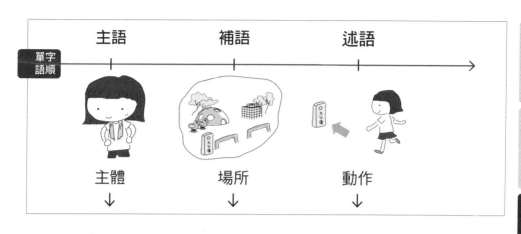

(1)

jeo.neun	gong.wo.ne	dal.lyeo.gam.ni.da	
저는	공원에	달려갑니다.	我往公園跑。
走. 嫩	工. 我. 內	打. 溜. 卡母. 妮. 打	

(2)

jeo.neun	gong.wo.ne.seo	dal.lyeo.gam.ni.da	
저는	공원에서	달려갑니다.	我從公園開始跑。
走. 嫩	工. 我. 內. 手	打. 溜. 卡母. 妮. 打	

　　「에」（往）表示動作、行為的方向。「에서」（從…開始）表示動作的起點，也表示動作所在的場所，相當於中文的「在」。

　　例句（1）補語助詞用「에」，強調動作到達的場所是「公園」。（2）補語助詞用「에서」強調動作起點是「公園」。

（二）目的

 T10

　　自助旅行到首爾玩，有時候坐錯車，反而讓人更加興奮，因為可以欣賞到旅遊書，沒有介紹的地方，那種地方常常會有讓人意想不到的好玩。

　　要說「我去首爾玩。」像這樣一個句子裡，同時要表現動作的方向（首爾）跟目的（玩），就用「…는 [neun]…에 [e]…러 [reo]」這樣的句型。語順是「主體는＋方向에＋目的러＋動作」。

　　方向跟目的都是動作的補語，所以這個句子也是有兩個補語的句子。

　　「我去首爾玩。」韓語語順是，把動詞「去」往句尾移，至於方向的「首爾」跟目的的「玩」位置都不變。簡單吧！

主體는 + 方向에 + 目的러 + 動作。

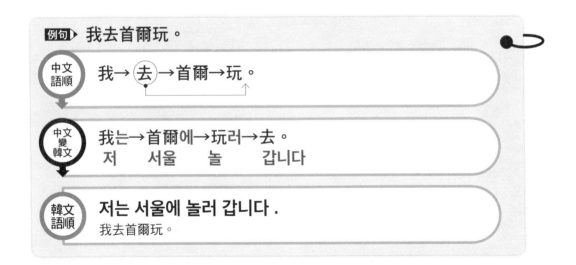

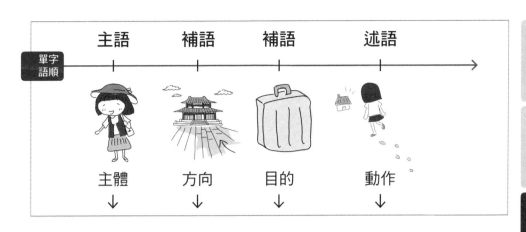

第一天
第二天
第三天
第四天
第五天

(1)
jeo.neun
저는
走.嫩

gam.ni.da
갑 니다.
卡母.妮.打

我去。

(2)
jeo.neun
저는
走.嫩

nol.leo
놀러
奴.漏

gam.ni.da
갑 니다.
卡母.妮.打

我去玩。

(3)
jeo.neun
저는
走.嫩

seo.eu.re
서울에
手.恩.淚

nol.leo
놀러
奴.漏

gam.ni.da
갑 니다.
卡母.妮.打

我去首爾玩。

　　補語助詞「에」（去）表示移動的場所，補語助詞「러」表示移動的目的。「러」的前面要用動詞語幹，也就是把「다」拿掉。例如「놀다」（遊玩），就變成「놀」。

漫畫比比看

　　例句（1）不知道到哪裡玩；例句（2）看表示移動的場所「에」（去）的前面，清楚地知道，是到首爾玩。

練習問題

❶ 照語順寫句子

依照下面的語順，改成一個完整的韓語句子。

1. 我 → <u>學校</u> → 去
　　　　학교

_____

2. 弟弟 → <u>車站</u> → 從 → <u>走去</u>
　　　　　역에서　　　　　걸어 갑니다

_____

3. <u>金明賢先生</u> → <u>蔬果店</u> → <u>買蔬菜</u> → 去
　　　김명현씨　　　야채 가게　　야채사러

_____

❷ 排排看

請把盒子裡的字，排成正確的句子。

1.

_____

유원지＝遊樂園

2.

_____

종로＝鐘路；
마시 ＝由「마시다」
（喝）的語幹拿掉「다」變化而來的

 人與物的存在

（一）人與物的存在

　　韓語中，某物存在某處的句子，叫做存在句。語順也是基本句的「主語＋補語＋述語」。表示存在的述語動詞用用「있다 [it.tta]」。禮貌並尊敬的說法是「있습니다 [it.sseum.ni.da]」，客氣但不是正式的說法是「있어요 [i.sseo.yo]」。動詞的補語，也就是存在物用助詞「가 [ga] / 이 [i]」，存在處用助詞「에 [e]」來表示。

　　因此，「這裡有廁所。」韓語語順只要把存在動詞「有」移到句尾，句子就出來啦！存在句的語順是：

<h3 style="text-align:center">存在處에 + 物가 / 이 + 存在動詞。</h3>

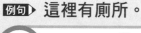 這裡有廁所。

 中文語順　這裡→有→廁所。

 中文變韓文　這裡에→廁所이→有。
　　　　　여기　　화장실　　있습니다

 韓文語順　여기에 화장실이 있습니다 .
　　　　　這裡有廁所。

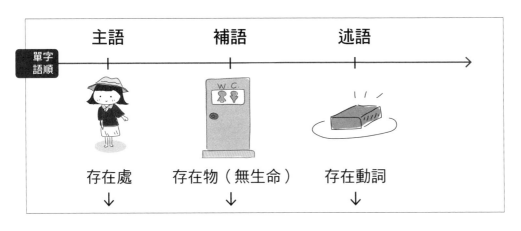

主語	補語	述語
存在處	存在物（無生命）	存在動詞
↓	↓	↓

單字
語順

🔊 (1)

yeo.gi.e
여기에
有. 幾. 愛

it.sseum.ni.da
있 습 니 다.
乙.師母.妮. 打

這裡有。

🔊 (2)

yeo.gi.e
여기에
有. 幾. 愛

hwa.jang.si.ri
화장실이
化. 張. 西. 理

it.sseum.ni.da
있 습 니 다.
乙.師母.妮. 打

這裡有廁所。

漫畫比比看

> 여기에 있습니다 .
> 這裡有。

1

> 여기에 화장실이 있습니다 .
> 這裡有廁所。

2

　　例句（1）只提到「這裡有」，但不知道有什麼；例句（2）明確地在存在動詞前面，加入存在物「廁所」，知道這裡有的是廁所了。

（二）人與物的不存在

「他不在那裡。」、「庭院裡沒有蛇。」等等，表示「某人或動物不存在某處」要怎麼說呢？

上一單元提到的存在句是「某物存在某處」，至於表示沒有某人事物的存在，韓語用「없다 [eop.tta]」（不在）。禮貌並尊敬的說法是「없습니다 [eop.sseum.ni.da]」，客氣但不是正式的說法是「없어요 [eop.seo.yo]」。

因此，「某人存不在某處」的不存在句，只要把動詞改成「없습니다 [eop.sseum.ni.da]」就可以了，當然這裡的存在物也是用助詞「가 [ga] / 이 [i]」，存在處也是用助詞「에 [e]」來表示。

要說「他不在那裡。」韓語語順只要把存在處「那裡」移到句首，就是啦！語順是：

存在處에 + 人가 / 이 + 不存在動詞。

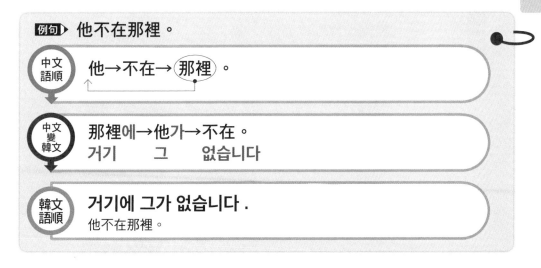

例句▶ 他不在那裡。

中文
語順

他→不在→ 那裡 。

中文
變
韓文

那裡에→他가→不在。
거기　　그　　없습니다

韓文
語順

거기에 그가 없습니다 .
他不在那裡。

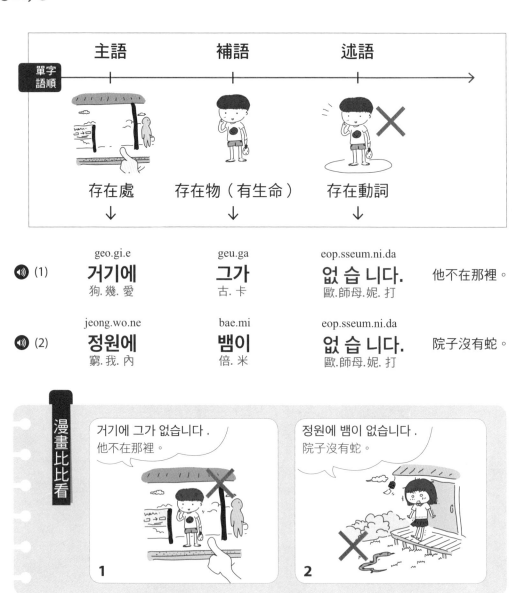

主語	補語	述語
存在處 ↓	存在物（有生命）↓	存在動詞 ↓

單字語順

(1)
geo.gi.e	geu.ga	eop.sseum.ni.da	
거기에	**그가**	**없습니다.**	他不在那裡。
狗.幾.愛	古.卡	歐.師母.妮.打	

(2)
jeong.wo.ne	bae.mi	eop.sseum.ni.da	
정원에	**뱀이**	**없습니다.**	院子沒有蛇。
窮.我.內	倍.米	歐.師母.妮.打	

漫畫比比看

1
거기에 그가 없습니다 .
他不在那裡。

2
정원에 뱀이 없습니다 .
院子沒有蛇。

　　例句（1）表示某人不存在某處，不存在動詞當然是「없습니다」；例句（2）不存在的是「蛇」也是用「없습니다」囉！

（三）所有

　　表示存在動詞「있습니다 [it.sseum.ni.da]」（有、在），不只是「存在」的意思，也有「所有」之意。句型是：「人는 [neun]＋物이 [i]／가 [ga]＋있습니다」。首先「는」前面的主語不是場所名詞，而是所有者。「이 [i]／가 [ga]」前面是補語的所有物，述語「있습니다」表示所有。

　　因此，「我有照相機」的韓語語順，很單純！就是將動詞「有」往句尾移就行啦！語順是：

所有人는＋所有物이／가＋所有動詞。

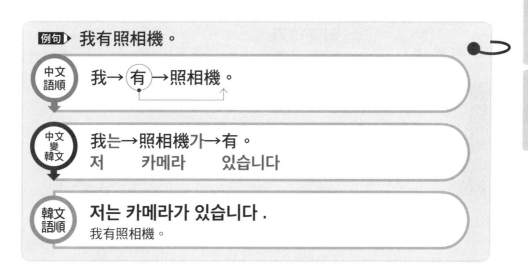

例句▶ 我有照相機。

中文語順　我→有→照相機。

中文變韓文　我는→照相機가→有。
　　　　　저　　카메라　　있습니다

韓文語順　저는 카메라가 있습니다 .
　　　　　我有照相機。

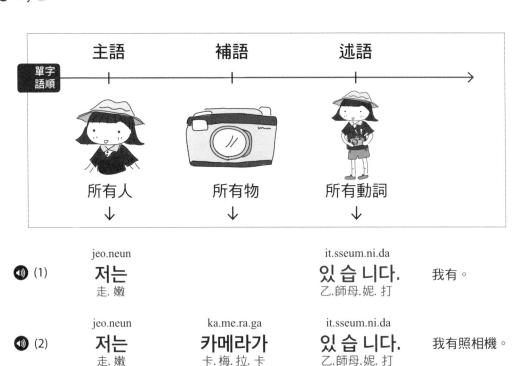

	主語	補語	述語

所有人　　　　　所有物　　　　　所有動詞
↓　　　　　　　↓　　　　　　　↓

(1)
jeo.neun
저는
走. 嫩

it.sseum.ni.da
있 습 니 다.
乙.師母.妮. 打

我有。

(2)
jeo.neun
저는
走. 嫩

ka.me.ra.ga
카메라가
卡.梅.拉. 卡

it.sseum.ni.da
있 습 니 다.
乙.師母.妮. 打

我有照相機。

漫畫比比看

1　저는 있습니다 .
我有。

2　저는 카메라가 있습니다 .
我有照相機。

　　例句（1）用所有動詞「있습니다」，表示「我擁有」之意，但不知道擁有什麼；例句（2）句中加入了所有物「카메라」（照相機），並用助詞「가」表示，知道擁有的是「照相機」。

第一天
第二天
第三天
第四天
第五天

練習問題

❶ 照語順寫句子

依照下面的語順，改成一個完整的韓語句子。

1. <u>教室</u> → <u>學生</u> → 有
　　 교실　　　학생

---

2. <u>男孩子</u> → <u>手機</u> → 有
　　 사내아이　　　휴대폰

---

❷ 排排看

請把盒子裡的字，排成正確的句子。

1. 의사　에　가
　　 병원　있습니다

병원＝醫院；의사＝醫生

---

2. 어린이　이　있습니다
　　 볼펜　는

어린이＝小孩；볼펜＝原子筆

❸ 翻譯練習

請把中文句子翻譯成為韓語。

1. 那裡有冰箱。　　　　　　　　　冰箱＝냉장고

---

2. 家裡有狗。　　　　　　　　　　狗＝개

4 行為的出發點、方向、到達點

要從家裡出門啦！往山上去啦！到山上啦！也就是行為跟場所之間的關係，需要有介詞「從、往、到」在中間穿針引線的。這些介詞相當於韓語的助詞「에서 [e.seo]、로 [ro]/ 으로 [eu.ro]、까지 [kka.ji]」。

「에서」（從）、「로 / 으로」（往）「까지」（到）等助詞要放在場所的後面，來表示句中的補語，以補充說明後面的行為（述語）。

要說「我從家裡去。」韓語語順是，將相當於助詞的「從」移到「家裡」的後面就行了。

主體는 + 起點에서 + 動作。

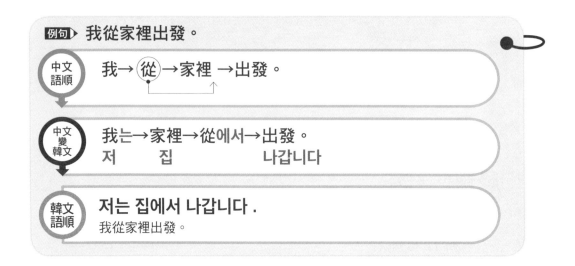

例句▶ 我從家裡出發。

中文語順：我→從→家裡 →出發。

中文變韓文：我는→家裡→從에서→出發。
저　　　집　　　　　나갑니다

韓文語順：저는 집에서 나갑니다 .
我從家裡出發。

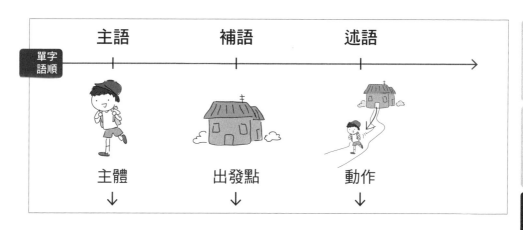

🔊 (1)

jeo.neun	ji.be.seo	na.gam.ni.da	
저는	집에서	나 갑 니 다.	我從家裡
走. 嫩	奇. 杯. 手	那.卡母.妮. 打	出發。

🔊 (2)

jeo.neun	sa.neu.ro	gam.ni.da	
저는	산으로	갑 니다.	我往山上去。
走. 嫩	沙. 奴. 樓	卡母.妮. 打	

🔊 (3)

jeo.neun	sa.ne	do.cha.kam.ni.da	
저는	산에	도착합니다.	我到達山上。
走. 嫩	沙. 內	土.擦.看.妮. 打	

漫畫比比看

저는 집에서 나갑니다.
我從家裡出發。

1

저는 산으로 갑니다.
我往山上去。

2

저는 산에 도착합니다.
我到達山上。

3

　　例句（1）的「에서」重點在動作的起點；例句（2）的「으로」重點在「動作的方向、經過的地點」；例句（3）「에」重點在「動作的終點」。

助詞的圖像

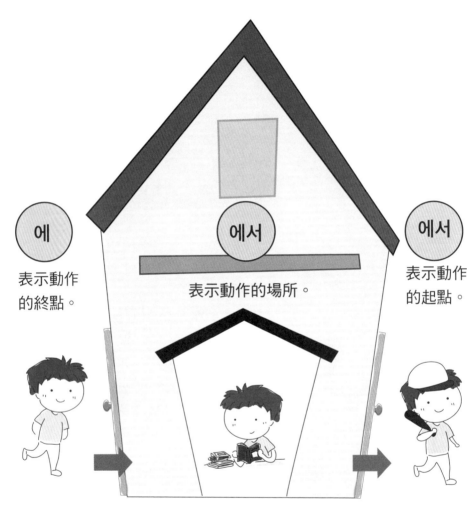

「에서」有動作的場所及起點的意思喔！

집에 들어갑니다.	집에서 공부합니다.	집에서 나갑니다.
進入家裡。	在家裡念書。	從家裡出來。

練習問題

❶

照語順寫句子

依照下面的語順，改成一個完整的韓語句子。

1. <u>男人</u> → <u>沙發</u> → <u>到</u> → <u>坐</u>
　　남자　　　소파　　　　　　앉습니다

_____

2. 哥哥 → <u>隧道</u> → <u>從</u> → <u>出去</u>
　　　　　터널　　　　　　　나갑니다

_____

❷ 排排看

請把盒子裡的字，排成正確的句子。

1. _____

방＝房間；들어갑니다＝進去

2. _____

우체국＝郵局

練習問題

❸ 翻譯練習

請把中文句子翻譯成為韓語。

1. 我下公車。　　　　　　　　公車＝버스；下來＝내립니다

_____

2. 我到國外去。　　　　　　　　國外＝해외

_____

5 結果

　　韓語中，要表示從某一程度、狀態變成另一種程度、狀態，如果是接形容詞語幹後面的話用「아 [a] / 어 [eo] 지다 [ji.da] 」（變成），禮貌並尊敬的說法是「집니다 [jim.ni.da] 」，客氣但不是正式的說法是「져요 [jeo.yo] 」。「陽母音＋아；陰母音＋어」。

　　如果接名詞的話用「가 [ga]/ 이 [i] 되다 [doe.da] 」（變成），禮貌並尊敬的說法是「됩니다 [doem.ni.da] 」，客氣但不是正式的說法是「돼요 [dwae.yo] 」。「母音＋가；子音＋이」。

　　有變化就會有結果，變成怎麼樣呢？我們先看變化句型：「變化者는結果아 / 어 집니다」。

　　變化動詞前面，就是變化的結果了，這個結果就是句中的補語。所以，要說「姊姊變漂亮了。」韓語語順是，把變化動詞的「變」移到「漂亮」之後，就可以啦！

主體는＋結果아 / 어＋變化動詞。

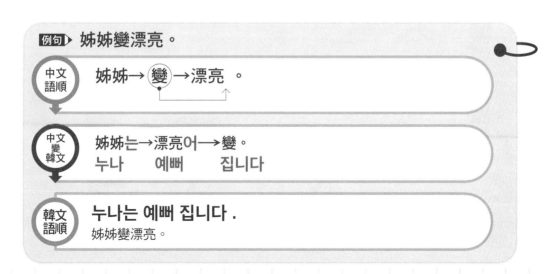

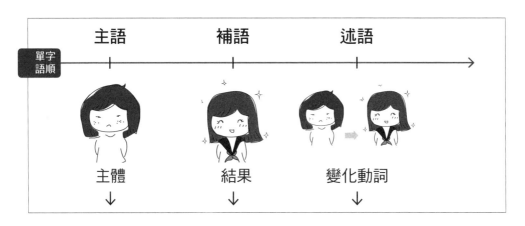

	主語	補語	述語

單字語順

主體 ↓ 結果 ↓ 變化動詞 ↓

(1)
nu.na.neun
누나는
努.那.嫩

ye.ppeo
예뻐
也. 撥

jim.ni.da
집니다.
基母.妮. 打

姊姊變漂亮了。

(2)
nu.na.neun
누나는
努.那.嫩

sa.hoe.i.ni
사회인이
沙.會.衣.妮

doem.ni.da
됩니다.
洞.妮. 打

姊姊成為社會
人士。

　　形容詞「예쁘다」漂亮後面接「아 / 어 집니다」，要把詞尾的「다」去掉，
剩下「예쁘」，但是形容詞語幹以母音「ㅡ」結尾，後面又接「어」時，母音
「ㅡ」會脫落，因此變成「예뻐」。也就是：

　　「예쁘다→예쁘（母音ㅡ脫落）→예ㅃ+어 = 예뻐」。

漫畫比比看

누나는 예뻐 집니다.
姊姊變漂亮了。

누나는 사회인이 됩니다.
姊姊成為社會人。

1　　**2**

練習問題

❶ 照語順寫句子

依照下面的語順，改成一個完整的韓語句子。

1. 頭髮 → 長 → 變
　　머리　　길다

_____

2. 弟弟 → 帥 → 變
　　남동생　멋있다

_____

❷ 排排看

請把盒子裡的字，排成正確的句子。

1.

선배＝前輩；작가＝作家

2.

건강하다＝健康

❸ 翻譯練習

請把中文句子翻譯成為韓語。

1. 孩子的衣服變髒了。　　　衣服＝옷；髒＝더럽다

_____

2. 妹妹當了音樂家。　　　　音樂家＝음악가

_____

行為的原料、材料  T14

（一）原料

鹽巴是怎麼來的呢？這時候要把原料放在動詞述語之前，當作動詞的補語，而原料後面要用助詞來表示。

製作什麼東西時，使用的原料跟材料，助詞都用「로[ro]」（從…，用…）。

「鹽巴是從海水製成的。」韓語語順是，將相當於助詞的「從」移到原料之後，就可以了。語順是：

主體은＋原料로＋動作。

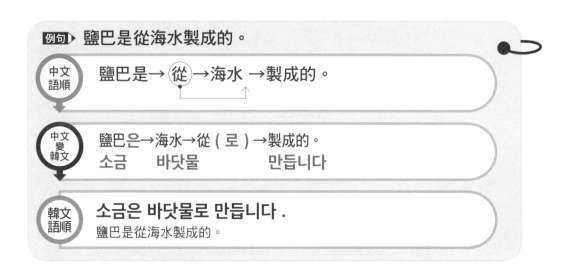

例句▶ 鹽巴是從海水製成的。

中文語順　鹽巴是→ 從 →海水 →製成的。

中文變韓文　鹽巴은→海水→從（로）→製成的。
　　　　　　소금　　바닷물　　　　만듭니다

韓文語順　**소금은 바닷물로 만듭니다 .**
鹽巴是從海水製成的。

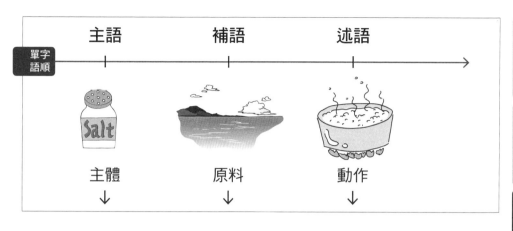

主語	補語	述語

單字語順

主體	原料	動作
↓	↓	↓

(1)

so.geu.meun
소금은
嫂.古.悶

man.deum.ni.da
만듭니다 .
罵.東.妮.打

鹽巴製成的。

(2)

so.geu.meun
소금은
嫂.古.悶

ba.dan.mul.lo
바닷물로
拔.蛋.母.樓

man.deum.ni.da
만듭니다.
罵.東.妮.打

鹽巴是從海水製成的。

（二）材料

T14

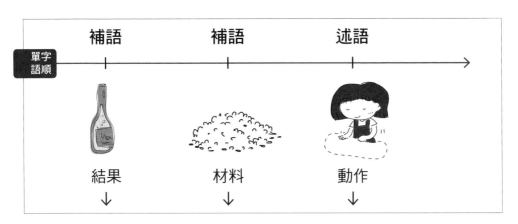

單字語順	補語	補語	述語
	結果 ↓	材料 ↓	動作 ↓

(1)
ssal.lo
쌀 로
沙兒.樓

man.deum.ni.da
만듭니다.
罵.東.妮.打

是用米做的。

(2)
mak.kkeol.li.neun
막걸리는
忙.勾.里.嫩

ssal.lo
쌀로
沙兒.樓

man.deum.ni.da
만듭니다.
罵.東.妮.打

韓國米酒是用米做的。

「로」要放在材料的後面，來表示句中的補語。

漫畫比比看

소금은 바닷물로 만듭니다 .
鹽巴是從海水製成的。

막걸리는 쌀로 만듭니다 .
韓國米酒是用米做的。

1

2

例句（1）的「로」表示原料；例句（2）的「로」表示材料。

練習問題

❶ 照語順寫句子

依照下面的語順，改成一個完整的韓語句子。

1. <u>玻璃</u> → <u>用</u> → <u>椅子</u> → <u>做</u>
유리　　　　　　의자

---

2. <u>葡萄酒</u> → <u>葡萄</u> → <u>從</u> → <u>製成的</u>
와인　　　포도　　　　　만들었습니다

---

❷ 排排看

請把盒子裡的字，排成正確的句子。

1.

디저트＝甜點；바나나＝香蕉

2.

밀가루＝麵粉；빵＝麵包

❸ 翻譯練習

請把中文句子翻譯成為韓語。

1. 用樹木做筷子。

筷子＝젓가락

---

2. 酒是從米製成的。

酒＝술；米＝쌀

7 比較的對象

（一）事物

　　哪個地方比哪個地方怎麼樣啦！誰比誰還大啦！誰比誰還有錢啦！要比較就用助詞「보다 [bo.da]」（比）。比較的對象要在述語的前面，當作述語的補語。「보다」要接在比較對象的後面。

　　所以「首爾比釜山冷。」韓語語順是，把相當於助詞的「比」移到比較的對象「釜山」的後面，就行啦！語順是：

主體은 + 比較對象보다 + 狀態。

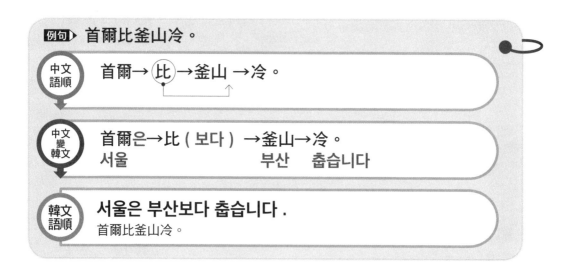

例句▶ 首爾比釜山冷。

中文
語順
首爾→比→釜山 →冷。

中文
變
韓文
首爾은→比（보다）→釜山→冷。
서울　　　　　　　부산　춥습니다

韓文
語順
서울은 부산보다 춥습니다.
首爾比釜山冷。

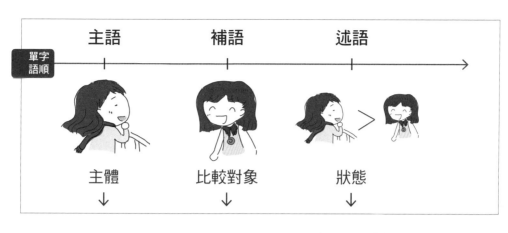

主語	補語	述語
主體	比較對象	狀態
↓	↓	↓

單字語順

(1)
se.ou.reun
서울은
手.兒.論

chup.seum.ni.da
춥습니다 .
抽譜師母.妮. 打

首爾冷。

(2)
se.ou.reun
서울은
手.兒.論

bu.san.bo.da
부산보다
樸.傘.伯. 打

chup.seum.ni.da
춥습니다 .
抽譜師母.妮. 打

首爾比釜山冷。

漫畫比比看

서울은 춥습니다 .
首爾冷。

서울은 부산보다 춥습니다 .
首爾比釜山冷。

1

2

第一天　第二天　第三天　第四天　第五天

　　例句（1）只是單純地說「首爾冷。」；例句（2）加入補語跟補語助詞「부산보다」（比釜山），知道「首爾」比較的對象是「釜山」。

（二）人物

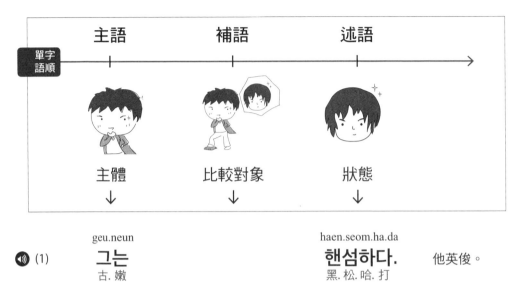

	主語	補語	述語
單字語順	主體 ↓	比較對象 ↓	狀態 ↓

(1)
geu.neun
그는
古. 嫩
　
haen.seom.ha.da
핸섬하다.
黑. 松. 哈. 打
　他英俊。

(2)
geu.neun
그는
古. 嫩
　
deo
더
逗
　
haen.seom.ha.da
핸섬하다.
黑. 松. 哈. 打
　他更英俊。

　　「더」也是表示比較的助詞。表示跟比較的對象比起來，程度更大，數量更多。

練習問題

❶ 照語順寫句子

依照下面的語順，改成一個完整的韓語句子。

1. 今天 → 昨天 → 比 → 寒冷
　　오늘　　어제　　　　춥습니다

_____

2. 韓國男性 → 更 → 體貼
　　한국남자　　　　상냥합니다

_____

❷ 排排看

請把盒子裡的字，排成正確的句子。

1.

도시＝城市；번화합니다＝熱鬧；
시골＝鄉下

2.

누나＝姊姊；젊습니다＝年輕

❸ 翻譯練習

請把中文句子翻譯成為韓語。

1. 這個比那個簡單。

簡單＝쉽습니다

_____

2. 他更有錢。

有錢＝부자입니다

_____

時間變形句

T16

我們說「聊天」就是聊天氣啦！從天氣切入，往往就能輕鬆打開話匣子！

韓語表示過去、現在、未來的時間，是以說話的那個時間點為基準來判斷的。要表示過去、現在、未來的時間，韓語的動詞要進行變化。過去式動詞的變化方式是，用「았다 [at.tta] / 었다 [eot.tta]」（過去），未來式是用「ㄹ [r] / 을 [eur] 것이다 [geot.i.tta]」（…吧），現在進行式用「고 있다 [go.it.tta]」（正在…）。

「어제는 비가 내렸습니다 .」（昨天下雨了。）「었다 / 었습니다」是過去式的語尾。這樣的句子又叫過去變形句。這句的韓語語順，是把表示過去的動詞「下了」往句尾移。語順是：

主體는＋關連內容가＋述語（時間變形）。

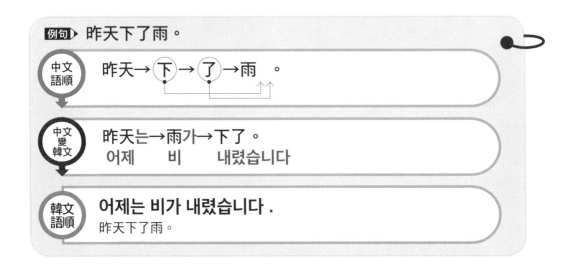

例句▶ 昨天下了雨。

中文語順
昨天→下→了→雨 。

中文變韓文
昨天는→雨가→下了。
어제　　비　　내렸습니다

韓文語順
어제는 비가 내렸습니다 .
昨天下了雨。

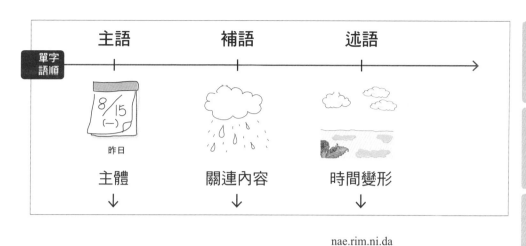

	主語	補語	述語
單字語順	主體 ↓	關連內容 ↓	時間變形 ↓

(1) （時間不明）　　　　　　　　　nae.rim.ni.da
　　　　　　　　　　　　　　　　　내립니다.　　　下…。
　　　　　　　　　　　　　　　　　內.力母.妮. 打

(2) （過去）**어제는**　　　　**비가**　　　nae.ryeot.seum.ni.da
　　　eo.je.neun　　　　bi.ga　　**내렸립니다.**　　昨天下了雨。
　　　喔.姊.嫩　　　　皮. 卡　　內. 留.力母.妮. 打

(3) （未來）**내일은**　　　　**비가**　　　nae.ril.geo.sim.ni.da
　　　nae.i.reun　　　　bi.ga　　**내릴 것입니다.**　明天會下
　　　內.衣. 論　　　　皮. 卡　　內.立兒 狗.心.妮. 打　雨吧。

(4) （現在）**지금은**　　　　**비가**　　　nae.ri.go.it.seum.ni.da
　　　ji.geu.meun　　　　bi.ga　　**내리고 있습니다.**　現在，正
　　　奇.古. 悶　　　　皮. 卡　　內.理.夠 乙.師母.妮. 打　在下雨。

漫畫比比看

내립니다 .
下…。

1

어제는 비가 내렸습니다 .
昨天下了雨。

2

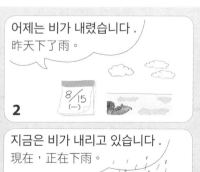

내일은 비가 내릴 것입니다 .
明天會下雨吧。

明天的天氣

3

지금은 비가 내리고 있습니다 .
現在，正在下雨。

4

（1）過去式，用「았다 / 었다」（過去）表示事情已經過去了，是在說話之前的事。動詞「내리다」（下雨）語尾就變成過去式的「내렸다」（下了雨）。因為「내리다 : 내리＋었다＝내렸다」（客氣且正式用「내렸습니다」）。

（2）未來式用「ㄹ / 을 것이다」（…吧），表示事情還沒有發生，對未來的事進行推測的表現。動詞「내리다」（下雨）語尾就變成未來「내릴 것입니다」（應該下雨吧）。因為「내리다 : 내리＋ㄹ 것이다＝내릴것이다」（客氣且正式用「내릴 것입니다」）。

（3）現在式，用「고 있다」（正在…）表示事情正在發生。動詞「내리다」（下雨）語尾就變成現在式的「내리고 있습니다」（正在下雨）。因為「내리다 : 내리＋고 있다＝내리고 있다」（客氣且正式用「내리고 있 습니다」）。

過去式	「았다 / 었다」（過去）	表示事情已經過去了
	動詞：「내리다」（下雨）	
	過去式：「내렸습니다 .」（下了雨。）	
未來式	「ㄹ / 을 것이다」（…吧）	表示事情還沒有發生
	動詞：「내리다」（下雨）	
	未來式：「내릴 것입니다 .」（應該下雨吧。）	
現在式	「고 있다」（正在…）	表示事情正在發生
	動詞：「내리다」（下雨）	
	現在式：「내리고 있습니다 .」（正在下雨。）	

用言的過去式

❶ 指定詞的過去式

指定詞的過去式，會根據前接詞的結尾是子音或母音而產生變化。原形是「였다 [yeot.tta]/ 이었다 [i.eot.tta]」，禮貌並尊敬的說法是「였습니다 [yeot.sseum.ni.da]/ 이었습니다 [i.eot.sseum.ni.da]」，客氣但不是正式的說法是「였어요 [yeo.sseo.yo]/ 이었어요 [i.eo.sseo.yo]」，隨便的說法是「였어 [yeo.sseo]/ 이었어 [i.eo.sseo]」。相當於中文的「（過去）是～；（曾經）是～」。

基本
句型
> 母音結尾的名詞＋였다[yeot.tta]
> 子音結尾的名詞＋이었다[i.eot.tta]

■ 曾經是選手。

seon.s u　　　　　　seon.s u　yeot.d a　　　seon.s u.yeot.d a
선수（選手）→ 선수＋였다 .= 선수였다 .

■「那天」是生日。

saeng. i r　　　　　saeng.i r　　i .eot.d a　　saeng.i. r i .eot.d a
생일（生日）→ 생일＋이었다 .= 생일이었다 .

例句▶ 昨天生日。

eo.je	ga	saeng.i	ri.eot.da
어제	가	생일	이었다.
喔.姊	卡	先.衣	里.歐特.打
昨天	✕	生日	過

例句▶ 那時候，我不是學生。

geu.ttae	nan	hak.saeng	i	a.ni.eo.sseo.yo
그때	난	학생	이	아니었어요.
古.爹	難	哈.先	衣	阿.妮.喔.手.喲
那時候	我	學生	✕	不是

以上面的例子來作「합니다體、해요體、半語體」的話，變化如下：

	합니다 體	해요 體	半語 體
선수 [seon.su]（選手）→	선수였습니다 . [seon.su.yeot.seum.ni.da]	선수였어요 . [seon.su.yeo.sseo.yo]	선수였어 . [seon.su.yeo.sseo]
생일 [saeng.ir]（生日）→	생일이었습니다 . [saeng.i.ri.eot.seum.ni.da]	생일이었어요 . [saeng.ir.i.eo.sseo.yo]	생일이었어 . [saeng.i.ri.eo.sseo]

❷ 動詞‧形容詞的過去式

動詞‧形容詞的過去式要怎麼活用呢？那就看語幹的母音是陽母音，還是陰母音來決定了。只要記住陽母音就接「았 [at]」（裡面有「ㅏ」也是陽母音），陰母音就接「었 [eot]」（裡面有「ㅓ」是陰母音），就簡單啦！

基本句型
{ 語幹是陽母音＋았다[at.tta]
語幹是陰母音＋었다[eot.tta]

■ 知道了。

알다 (知道) → 알 (ㅏ是陽母音) → 알 + 았다 = 알았다 .
al.da · ar · ar · at.da · a.rat.da

■ 吃了。

먹 다 (吃) → 먹 (ㅓ是陰母音) → 먹 + 었다 = 먹었다 .
meok.da · meog · meog · geot.da · meog.eot.da

■ 寫了。

쓰 다 (寫) → 쓰 (ㅡ是陰母音) → 쓰 + 었다 = 쓰었다 (省略為 썼 다)
sseu.da · sseu · sseu · eot.da · sseu.eot.da · sseot.da

■ 正確了。

옳다 (正確的) → 옳 (ㅗ是陽母音) → 옳 + 았다 = 옳았다 .
ol.da · ol · ol · at.da · o.lat.da

■ （過去）寒冷。

춥 다 (寒冷的) → 춥 (ㅜ是陰母音) → 춥 + 었다 = 추웠다 .
chup.da · chub · chub · eot.da · chu.wot.da

ㅂ + 었다 = 웠다
ㅂ + 았다 = 왔다

例句▶ 買了土產。

seon.mu   reur   sat.seum.ni.da

선물   을   샀습니다.

松.木   路   殺特.師母.妮.打

(土產)（ ✕ ）（ 買了 ）

例句▶ 坐計程車去了機場。

gong.hang kka.ji   taek.si   ro   ga.sseo.yo

공항 까지   택시 로   갔어요.

工.航 嘎.吉   特.細 樓   卡.手.喲

(機場)（ 到 ）（ 計程車)（ 坐 ）（ 去了 ）

例句▶ 連續劇太棒啦！

deu.ra.ma   ga   hul.lyung.hae.sseo.yo

드라마   가   훌륭했어요!

都.郎.馬   卡   呼兒.流.黑.手.喲

(連續劇)（ ✕ ）（ 太棒啦 ）

以上面的例子來作「합니다體、해요體、半語體」的話，變化如下：

		합 니 다 體	해 요 體	半 語 體
알았다 [ar.at.da] （知道）	→	알았습니다 . [a.rat.seum.ni.da]	알았어요 . [a.ra.sseo.yo]	알았어 . [a.ra.sseo]
먹었다 [meog.eot.da] （吃）	→	먹었습니다 . [meo.geot.seum.ni.da]	먹었어요 . [meo.geo.sseo.yo]	먹었어 . [meo.geo.sseo]
썼다 [sseot.da] （寫）	→	썼습니다 . [sseot.seum.ni.da]	썼어요 . [sseo.sseo.yo]	썼어 . [sseo.sseo]

練習問題

❶ 照語順寫句子

依照下面的語順，改成一個完整的韓語句子。

1. 現在 → 雨 → 下 → 正在
　　　　　　비

_____

2. 前天 → 地震 → 有 →了
　　　그저께　　지진　　일어나다

_____

❷ 排排看

請把盒子裡的字，排成正確的句子。

1.　내일　것입니다　비　내릴　은　가

내일＝明天；비＝雨；
내리다＝下降

_____

2.　태풍　는　이　왔습니다　어제

태풍＝颱風；왔습니다＝來了

_____

❸ 翻譯練習

請把中文句子翻譯成為韓語。

1. 上禮拜下了雪。　　　　上禮拜＝지난 주；雪＝눈

_____

2 邀約變形句

　　要勸誘同輩或晚輩跟自己一起做某事，例如邀請對方喝茶等等，述語的動詞就要在語幹後面接「ㅂ시다 [b.si.da] / 읍시다 [eup.ssi.da]」 表示「做～吧」的意思。不過對長輩就不能用這一說法喔！接續方法是「母音＋ㅂ시다 / 子音＋읍시다」。「시다 [si.da]」本身就含有「一起」的意思。

　　另外還有一個句型也就是「動詞詞幹＋ㄹ까요 / 을까요」（做…吧）的形式，這是表示提出意見，詢問聽話者的意見來徵得對方的同意的用法。接續方式是「母音＋ㄹ까요 / 子音＋을까요」 這個句型用在同事、朋友或熟識的上司之間。

　　因此，「（一起）喝茶吧！」的韓語語順，只要把「茶」放在動詞「喝」的前面就行啦！語順是：

（一起）＋對象를＋動作ㅂ시다 / 읍시다。

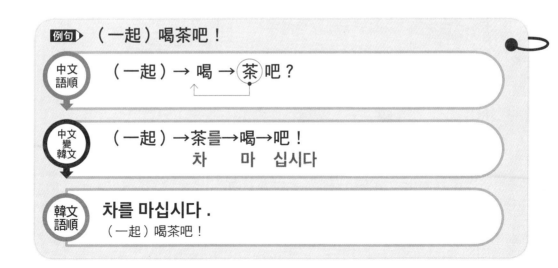

例句▶ （一起）喝茶吧！

中文語順　（一起）→ 喝 →（茶）吧？

中文變文　（一起）→茶를→喝→吧！
　　　　　　　차　　　마　십시다

韓文語順　차를 마십시다 .
　　　　　（一起）喝茶吧！

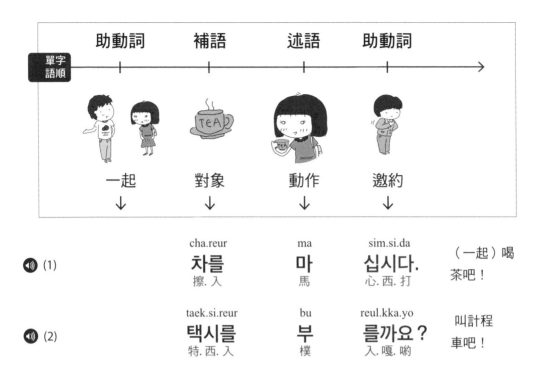

	助動詞	補語	述語	助動詞	
單字語順	一起	對象	動作	邀約	

◀)) (1)

cha.reur	ma	sim.si.da	（一起）喝
차를	**마**	**십시다.**	茶吧！
擦. 入	馬	心.西.打	

◀)) (2)

taek.si.reur	bu	reul.kka.yo	叫計程
택시를	**부**	**를까요？**	車吧！
特.西.入	樸	入.嘎.喲	

例句（2）的「부를 까요」是「부르다（呼叫）→부르＋ㄹ까요＝부를까요」變化而來的。

漫畫比比看

차를 마십시다.
一起喝茶吧！

택시를 부를까요？
叫計程車吧！

1

2

例句（1）「ㅂ시다 / 읍시다」（做〜吧）是邀約對方跟一起做某事，「시다」本身就含有「一起」的意思；例句（2）「ㄹ까요 / 을까요」（做…吧）一般用在詢問聽話者的意見來徵得對方同意的用法。

練習問題

第一天

第二天

第三天

第四天

第五天

❶ 照語順寫句子

依照下面的語順，改成一個完整的韓語句子。

1. 一起 → <u>照片</u> → <u>拍攝</u> →吧
　　　　　사진　　찍는다

_____

2. 一起 → <u>家</u> → <u>回去</u> →吧
　　　　　집　　돌아간다

_____

❷ 排排看

請把盒子裡的字，排成正確的句子。

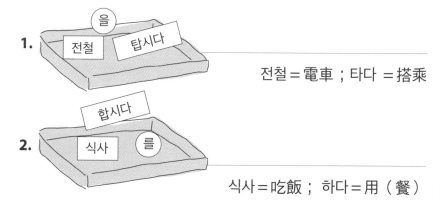

1. 을 / 전철 / 탑시다

전철＝電車；타다＝搭乘

2. 합시다 / 식사 / 를

식사＝吃飯；하다＝用（餐）

❸ 翻譯練習

請把中文句子翻譯成為韓語。

1. 一起去學校吧！　　　　　　學校＝학교；去＝가다

_____

2. 一起等他吧！　　　　　　　等待＝기다리다

_____

 # 希望變形句

 T18

（一） 고 싶다

　　這一回我們來介紹一下「我想～」表示希望及願望的說法。使用時，將「고 싶다 [go.sip.tta]」接在動詞的後面，表示希望實現該動詞。禮貌並尊敬的說法用「고 싶습니다 [go.sip.sseum.ni.da]」，客氣但不是正式的說法用「고 싶어요 [go.si.peo.yo]」。接續方法，不管是母音結尾還是子音結尾都一樣「動詞語幹＋고 싶다」。

　　所以，「我想吃石鍋拌飯。」的韓語語順，是把動詞「吃」往句尾移，然後把「想」放在動詞後面。語順是：

主體는 / 은等＋對象을 / 를＋動作고 싶다。

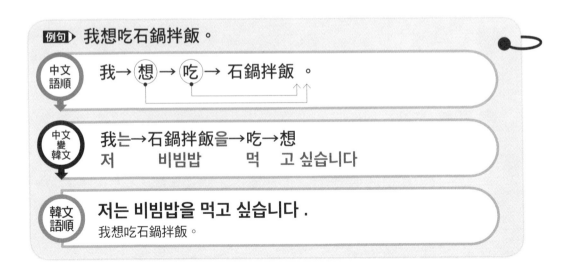

例句▶ 我想吃石鍋拌飯。

中文語順　我→想→吃→石鍋拌飯。

中文變韓文　我는→石鍋拌飯을→吃→想
저　　비빔밥　　먹　고 싶습니다

韓文語順　저는 비빔밥을 먹고 싶습니다 .
我想吃石鍋拌飯。

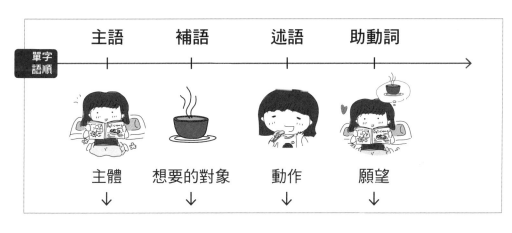

| 主語 | 補語 | 述語 | 助動詞 |

單字語順

| 主體 | 想要的對象 | 動作 | 願望 |
| ↓ | ↓ | ↓ | ↓ |

(1)

jeo.neun	bi.bim.ba.beur	meok.seum.ni.da
저는	비빔밥을	먹습니다.
走.嫩	皮.冰.拔.笨兒	摸.師母.妮. 打

我吃石鍋拌飯。

(2)

jeo.neun	bi.bim.ba.beur	meok.kko	sim.seum.ni.da
저는	비빔밥을	먹 고	싶습니다.
走.嫩	皮.冰.拔.笨兒	摸.扣特	心.師母.妮. 打

我想吃石鍋拌飯。

這裡的「저는 비빔밥을 먹고 싶습니다.」（我想吃石鍋拌飯。）表示我（說話人，第一人稱）心中希望或期望能實現的事。如果是疑問句時，「어디에 가고 싶습니까?」（你想去哪裡呢?）就表示詢問聽話者的願望了。

漫畫比比看

저는 비빔밥을 먹습니다.
我吃石鍋拌飯。

1

저는 비빔밥을 먹고 싶습니다.
我想吃石鍋拌飯。

2

例句（1）是有補語的基本句，所以語順是「主語는＋補語을＋述語」，補語助詞用表示動作對象的「을」；例句（2）是希望變形句，所以補語助詞要是表示願望對象的「을」，述語後面要接「고 싶습니다」（我想～）。

（二）고 싶어하다

　　韓語中，相對於自己的希望用「고 싶다 [go.sip.tta]」，第三者的希望就要用助動詞「고 싶어하다 [go.si.peo.ha.da]」（想要⋯）。

　　使用時，將「고 싶어하다」接在動詞的後面，表示希望實現該動詞。禮貌並尊敬的說法用「고 싶어합니다 [go.si.peo.ham.ni.da]」，客氣但不是正式的說法用「고 싶어해요 [go.si.peo.hae.yo]」。接續方法，不管是母音結尾還是子音結尾都一樣「動詞語幹＋고 싶어하다」。助詞用「을 / 를」。

　　所以，「小孩想看電視。」的韓語語順，是把動詞「看」往句尾移，然後把助動詞「想」放在動詞後面。語順是：

主體는 / 은等＋對象을 / 를＋動作고 싶어하다。

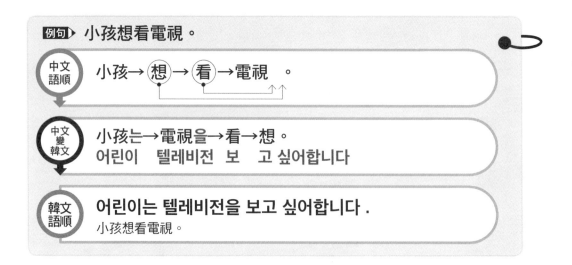

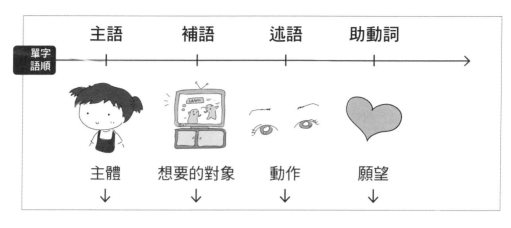

單字語順	主語	補語	述語	助動詞
	主體	想要的對象	動作	願望
	↓	↓	↓	↓

(1)
eo.ri.ni.neun 　 tel.le.bi.jeo.neur 　 bom.ni.da
어린이는 　 텔레비전을 　 봅니다.
喔.理.妮.嫩 　 貼.累.筆.球.努兒 　 撥母.妮.打
小孩看電視。

(2)
eo.rin.i.neun 　 tel.le.bi.jeo.neur 　 bo.go 　 si.peo ham.ni.da
어린이는 　 텔레비전을 　 보고 　 싶어합니다.
喔.理.妮.嫩 　 貼.累.筆.球.努兒 　 撥.夠 　 西.波.含母.妮.打
小孩想看電視。

「고 싶어하다」（想要…）表示說話人從表情、動作等外觀上，來觀察他人顯露在外面的希望。主語多為第三人稱（他、他們…等）。

這句話可能是看小孩想看心愛的節目，電視卻壞了，推測小孩想要的是「看電視」。

漫畫比比看

1
어린이는 텔레비전을 봅니다.
小孩看電視。

2
어린이는 텔레비전을 보고 싶어합니다. 小孩想看電視。

例句（1）只是簡單說出「小孩看電視」；例句（2）加入了助動詞「고 싶어하다」（想要…）表示小孩顯露在外的希望是「看電視」。

練習問題

❶ 照語順寫句子

依照下面的語順，改成一個完整的韓語句子。

1. 我 → 廣播 → 聽 → 想
　　　라디오　　듣다

_____

2. 姊姊 → 首爾 → 去→ 想要
　　언니　　서울

_____

❷ 排排看

請把盒子裡的字，排成正確的句子。

1.

_____

자동차 ＝自用車

2.

_____

여행＝旅行

❸ 翻譯練習

請把中文句子翻譯成為韓語。

1. 他想要買皮包。　　　　皮包＝가방；購買＝사다

_____

2. 我想喝人參茶。　　　　人參茶＝인삼차；喝＝마시다

_____

4 能力變形句

T19

（一）可能句型 1

現在許多父母，會讓小孩學才藝、彈鋼琴、畫畫…。而在國外，許多小孩都會好幾樣的運動，從中學習協調、合作、鍛鍊身體。

這裡我們來學表示能力的「ㄹ / 을 수 있다 [r/eul.ssu.it.tta]」（能～，可以做到～）吧！使用時可以直接接在述語的用言語幹後面，接續的方法是「母音＋ㄹ 수 있다 / 子音＋을 수 있다」。

禮貌並尊敬的說法用「ㄹ / 을 수 있습니다 [r/eul.ssu.it.sseum.ni.da]」，客氣但不是正式的說法用「ㄹ / 을 수 있어요 [r/eul.ssu.i.sseo.yo]」。

因此，「我會彈鋼琴。」的韓語語順是，把動詞「彈」往句尾移，然後把「會」放在動詞後面。語順是：

主體는＋關連內容를＋動作ㄹ / 을수있다 。

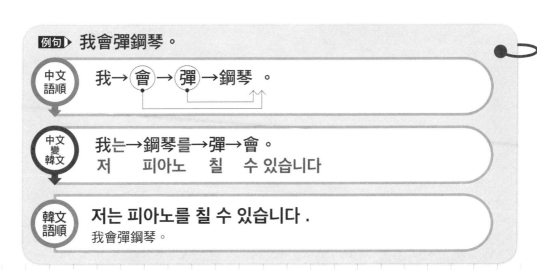

例句▶ 我會彈鋼琴。

中文語順　我→會→彈→鋼琴 。

中文變韓文　我는→鋼琴를→彈→會。
저　　피아노　칠　수 있습니다

韓文語順　저는 피아노를 칠 수 있습니다 .
我會彈鋼琴。

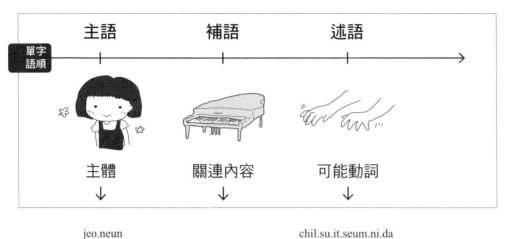

	主語	補語	述語
單字語順	主體	關連內容	可能動詞

(1) jeo.neun
저는
走. 嫩

chil.su.it.seum.ni.da
칠 수 있 습 니 다.
七 樹 乙.師母.妮. 打

我會彈。

(2) jeo.neun
저는
走. 嫩

pi.a.no.reur
피아노를
畢.阿.努.入

chil.su.it.seum.ni.da
칠 수 있 습 니 다.
七 樹 乙.師母.妮. 打

我會彈鋼琴。

　　這裡的「칠 수 있습니다」是把「치다」（彈）這個動作，改成動詞可能形「치다 →치＋ㄹ 수 있습니다＝칠 수 있습니다」，表示經過學習，所得到的能力。「ㄹ／을 수 있습니다」（會…、能…）表示體力上、能力上會做的。

漫畫比比看

1　저는 칠 수 있습니다.
我會彈。

2　저는 피아노를 칠 수 있습니다.
我會彈鋼琴。

　　例句（1）只單純說出「我會彈」；例句（2）加入了句型「피아노」（鋼琴）表示會彈的是「鋼琴」。

（二）可能句型 2

　　要表現不能，沒有辦法做到，就用「ㄹ / 을 수 없다 [r/eul.ssu.eop.tta]」（沒辦法，不能）這個句型。使用時可以直接接在述語的用言語幹後面，接續的方法是「母音＋ㄹ 수 없다 / 子音＋을 수 없다」。客氣但不是正式的說法用「ㄹ / 을 수 없어요 [r/eul.ssu.eop.sseo.yo]」。

　　因此，「我不能吃這食物。」韓語語順是，把述語的動詞「吃」往句尾移，然後再把「能」放在動詞後面。語順是：

主體는＋關連內容을＋動作을 수 없어요。

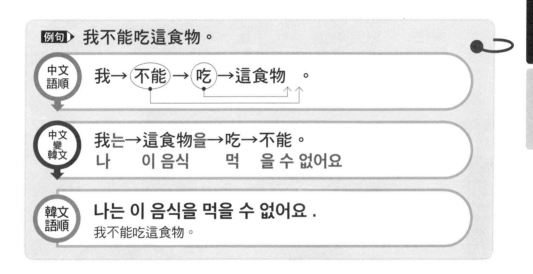

例句▶ 我不能吃這食物。

中文語順 我→（不能）→（吃）→這食物 。

中文變韓文 我는→這食物을→吃→不能。
나　　이 음식　　먹　을 수 없어요

韓文語順 나는 이 음식을 먹을 수 없어요 .
我不能吃這食物。

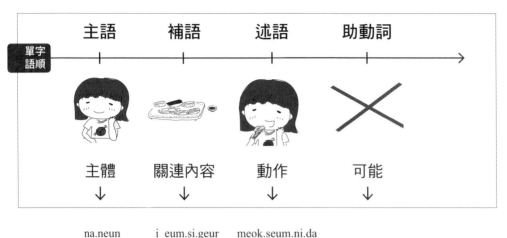

	主語	補語	述語	助動詞
單字語順	主體	關連內容	動作	可能
	↓	↓	↓	↓

(1)
na.neun　　i eum.si.geur　　meok.seum.ni.da
나는　　　이음식을　　　먹습니다.
那. 嫩　　衣 烏母.西. 股　　摸.師母.妮. 打

我吃這食物。

(2)
na.neun　　i eum.si.geur　　meo.geur　　su.eop.seo.yo
나는　　　이음식을　　　먹을　　　수 없어요.
那. 嫩　　衣 烏母.西. 股　　某. 股　　樹　歐.手. 喲

我不能吃
這食物。

　　這裡的「먹다」（吃）正式禮貌的說法是「먹습니다」，要變成不能吃，是經過這樣的程序變化而來的「먹다 →먹＋을 수 없어요＝먹을 수 없어요」。

漫畫比比看

나는 이 음식을 먹습니다 .
我吃這食物。

1

나는 이 음식을 먹을 수 없어요 .
我不能吃這食物。

2

　　例句（1）只是單純說出「我吃這食物」；例句（2）「먹다」加上「을 수 없어요」表示「不能吃、不會吃」的意思。

練習問題

❶ 照語順寫句子

依照下面的語順，改成一個完整的韓語句子。

1. 這裡 → 香煙 → 抽 → 不能
　　여기　　담배　　피우다

_____

2. 姊姊 → 西裝 → 做 → 會
　　　　　양복　　만들다

_____

❷ 排排看

請把盒子裡的字，排成正確的句子。

1. 수 없습니다　혼자　갈　는　나

_____

혼자 ＝獨自地；가다＝去

2. 낫또　수 있습니다　김명연씨　먹을　를　는

_____

낫또＝納豆；
김명연씨＝金明賢先生

❸ 翻譯練習

請把中文句子翻譯成為韓語。

1. 我會跳芭蕾舞。　　　芭蕾舞＝발레；跳（舞）＝추다

_____

2. 這份工作我不會做。　　這份工作＝이 일；做＝하다

_____

時間、期間

（一）時間點1

　　這一課我們來講時間補語，也就是時間是句子裡的補語。某一個動作發生的時間，往往是人們關注的話題，在韓語語順中，時間詞要放在述語的前面，來修飾後面的述語。修飾語要用助詞「에 [e]」等來表示，述語前面如果有行為對象，修飾語就放在行為對象的前面。

　　因此，「我七點吃飯。」韓語語順就是，把動詞「吃」往句尾移就行啦！
語順是：

主體는＋時間에＋關連內容을＋動作。

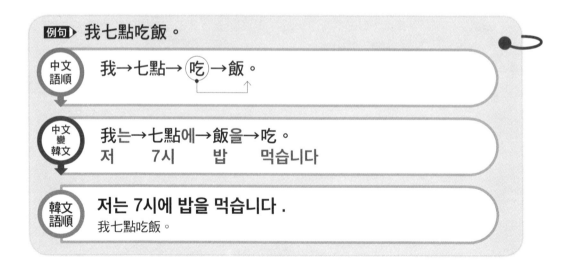

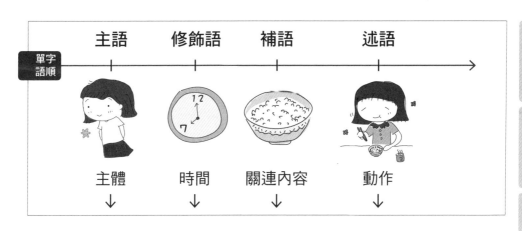

	主語	修飾語	補語	述語
單字語順	主體	時間	關連內容	動作
	↓	↓	↓	↓

(1)
jeo.neun
저는
走.嫩

meok.seum.ni.da
먹 습 니 다.
摸.師母.妮. 打

我吃。

(2)
jeo.neun
저는
走.嫩

ba.beur
밥을
拔.笨兒

meok.seum.ni.da
먹 습 니 다.
摸.師母.妮. 打

我吃飯。

(3)
jeo.neun
저는
走.嫩

il.gop.si.e
7시에
衣古.西. 愛

ba.beur
밥을
拔.笨兒

meok.seum.ni.da
먹 습 니 다.
摸.師母.妮. 打

我七點吃飯。

補語「7시에」是從時間面上修飾後面的動詞「먹습니다」，也就是「吃」這個動作是在「七點」進行的。時間的助詞「에」表示事情發生的時間。

漫畫比比看

1
저는 먹습니다 .
我吃。

2
저는 밥을 먹습니다 .
我吃飯。

3
저는 7시에 밥을 먹습니다 .
我七點吃飯。

（二）時間點2

　　表示時間的修飾語，要放在述語的前面來修飾後面動作的時間，修飾語要用助詞「에 [e]」等等來表示。

　　要說「我星期天結婚。」的韓語語順不用移，直接用中文語順就行啦！語順是：

主體는＋時間에等＋動作。

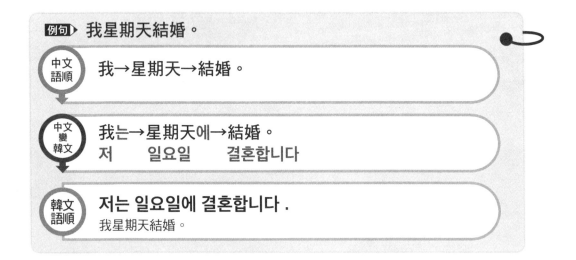

例句▶ 我星期天結婚。

中文語順
我→星期天→結婚。

中文變韓文
我는→星期天에→結婚。
저　　일요일　　결혼합니다

韓文語順
저는 일요일에 결혼합니다 .
我星期天結婚。

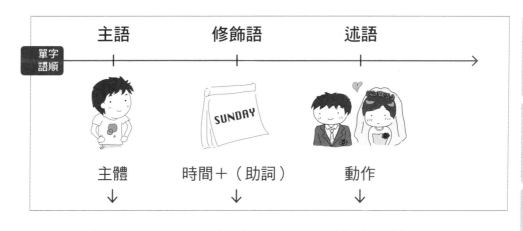

	主語	修飾語	述語	
	jeo.neun	i.ryo.i.re	gyeol.hon.ham.ni.da	
(1)	저는	일요일에	결혼합니다.	我星期天結婚。
	走. 嫩	衣.六.衣. 淚	勾兒.紅.航. 妮. 打	
	jeo.neun	i.wor.sa.mi.re	gyeol.hon.ham.ni.da	
(2)	저는	2월 3일에	결혼합니다.	我二月三日結婚。
	走. 嫩	衣.我. 沙.米. 淚	勾兒.紅.航. 妮. 打	
	jeo.neun	nae.nyeo.ne	gyeol.hon.ham.ni.da	
(3)	저는	내년에	결혼합니다.	我明年結婚。
	走. 嫩	內. 牛. 內	勾兒.紅.航. 妮. 打	

　　「일요일 에」（星期天）、「2월 3일에」（二月三日）、「내년에 」（明年）是從時間面上修飾後面的動詞述語「결혼합니다」（結婚），表示「結婚」這個動作的時間點。

　　韓語表示「～月～日」這類的日期，要使用漢數字。韓語的數字有分「漢數字」跟「固有數字」。漢數字發音跟華語接近；固有數字是韓國本地原來就有的數字。

（三）期間

T20

　　表示時間的修飾語，可以分為表示時間點的「오늘」（今天）、「8 시」（八點）…等，跟表示期間的「2 년간 」（兩年之間）和「～부터 [bu.teo] ～ 까지 [kka.ji]」（從～到～）…等。表示期間的時間名詞，要在述語的前面，來從時間的側面上修飾後面的述語。

　　由此看來，「我學了兩年。」韓語語順就是把「學了」往句尾移就行啦！語順是：

主體는＋時間＋動作。

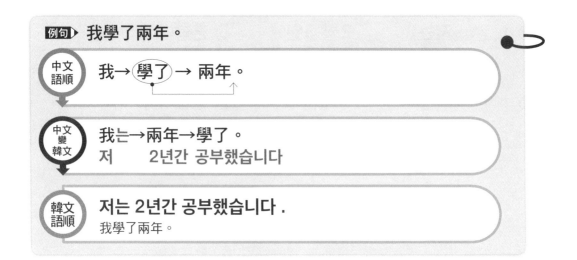

例句▶ 我學了兩年。

中文語順　　我→ 學了 → 兩年。

中文變韓文　　我는→兩年→學了。
　　　　　　저　　2년간 공부했습니다

韓文語順　　저는 2년간 공부했습니다 .
　　　　　　我學了兩年。

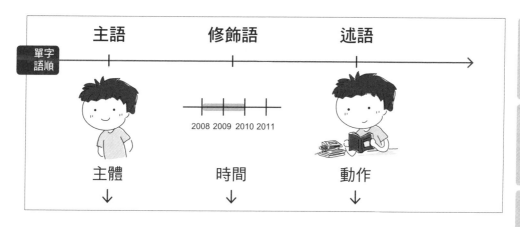

(1)
jeo.neun
저는
走. 嫩

gong.bu.haet.seum.ni.da
공부했 습 니다.
工. 樸. 黑. 師母. 妮. 打

我學了。

(2)
jeo.neu
저는
走. 奴

ni.nyeon.gan
2년간
妮. 牛. 剛

gong.bu.haet.seum.ni.da
공부했 습 니다.
工. 樸. 黑. 師母. 妮. 打

我學了兩年。

漫畫比比看

　　例句（1）只單純地說「我學了」；例句（2）加入時間修飾語「二年間」，來修飾後面的「學了」，知道共學了兩年。

（四）時間、期間

T20

上一單元提過，表示時間的修飾語，可以大分為時間點跟期間兩種。這一單元要說明的是另一個「期間」，這裡的期間用助詞「～부터 [bu.teo] ～까지 [kka.ji]」（從～到～）。表示時間、期間名詞，要放在述語的前面，來修飾後面的述語。

因此，「我從六點工作。」韓語的語順是，將相當於助詞的「從」移到時間的「六點」之後，動詞的「工作」保持在句尾就行啦！語順是：

主體는＋時間부터＋動作。

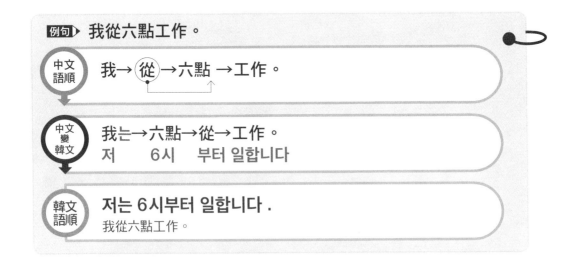

例句▶ 我從六點工作。

中文語順　我→從→六點 →工作。

中文變韓文　我는→六點→從→工作。
　　　　　저　　6시　부터 일합니다

韓文語順　저는 6시부터 일합니다 .
　　　　　我從六點工作。

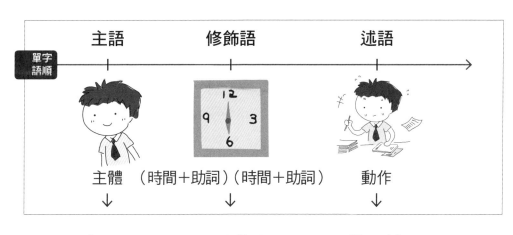

	主語	修飾語	述語
單字語順	主體	（時間＋助詞）（時間＋助詞）	動作
	↓	↓	↓

(1)
jeo.neun	yeo.seot.si.bu.teo	il.ham.ni.da	
저는	6시부터	일 합니다.	我從六點工作。
走.嫩	喲手.西.樸.透	憶兒.航.妮.打	

(2)
jeo.neun	yeo.deol.si.kka.ji	il.ham.ni.da	
저는	8시까지	일 합니다.	我工作到八點。
走.嫩	喲嘟.西.嘎.奇	憶兒.航.妮.打	

(3)
jeo.neun	a.hop.si.bu.teo.da.seot.si.kka.ji	il.ham.ni.da	
저는	9시부터 5 시까지	일 합니다.	我從九點工作到五點。
走.嫩	阿.侯.西.樸.打手.西.嘎.奇	憶兒.航.妮.打	

(4)
jeo.neun	a.chim.bu.teo.bam.kka.ji	il.ham.ni.da	
저는	아침부터 밤까지	일 합니다.	我從早工作到晚。
走.嫩	阿.七.樸.透 旁.嘎.奇	憶兒.航.妮.打	

(5)
jeo.neun	wo.ryo.il.bu.teo.geu.myo.il.kka.ji	il.ham.ni.da	
저는	월요일부터 금요일까지	일 합니다.	我從星期一工作到星期五。
走.嫩	我.六.憶.樸.透 古.妙.憶.嘎.奇	憶兒.航.妮.打	

漫畫比比看 1

저는 일합니다 .
我工作。

1

저는 6시부터 일합니다 .
我從六點（開始）工作。

2

漫畫比比看 2

練習問題

❶ 照語順寫句子

依照下面的語順，改成一個完整的韓語句子。

1. 她 → <u>11點</u> → 從 → <u>7點</u> → 到 → <u>睡了</u>
     11시   7시   잤습니다

---

2. <u>小提琴</u> → <u>三年</u> → <u>學了</u>
   바이올린   3년간   배웠습니다

---

❷ 排排看

請把盒子裡的字，排成正確的句子。

1. 운동합니다　부터　9시　형　은

운동합니다＝運動

2. 나　요리합니다　는　부터　까지　저녁　밤

저녁＝傍晚；밤＝晚上；
요리합니다＝做菜

❸ 翻譯練習

請把中文句子翻譯成為韓語。

1. 朋友明天出院。

出院＝퇴원합니다

---

2. 小寶寶12月1日出生了。
小寶寶＝갓난아기；12月1日＝12월1일；出生了＝태어났습니다

2 動作、行為的場所、範圍 T21

（一）行為的場所

　　現在喜歡跑步的人，為數還真不少，跑步的魅力在動作簡單，不需太多器具，不需要一群人參與。大街小巷都可以跑，當然有座公園就更好了。

　　動作有關的場所，譬如，動作進行的場所、動作開始的場所等，這些場所，都需要接助詞「에서 [e.seo]（在），부터 [bu.teo]（從），까지 [kka.ji]（到）」來做修飾語。從場所面來修飾、限定後面的動詞述語。「에서」這個助詞同時有「在」跟「從」的意思。

　　因此，「我在公園跑步。」的韓語語順，由於動詞「跑步」一開始就乖乖的在句尾，所以不需要移動。只要把助詞的「在」，移到「公園」後面就行啦！語順是：

主體는＋場所에서等＋動作。

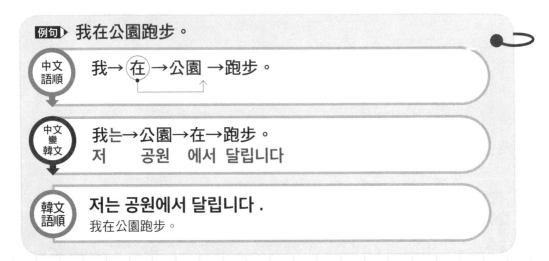

例句▶ 我在公園跑步。

中文語順　　我→ 在 →公園 →跑步。

中文變韓文　　我는→公園→在→跑步。
　　　　　　　저　　公원　에서 달립니다

韓文語順　　**저는 공원에서 달립니다 .**
　　　　　　　我在公園跑步。

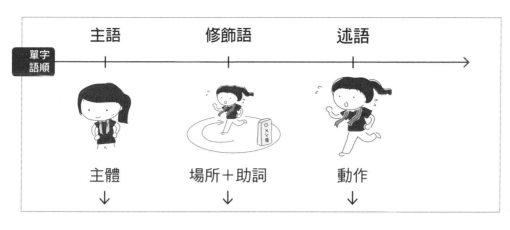

	主語	修飾語	述語
單字語順	主體 ↓	場所＋助詞 ↓	動作 ↓

(1)
jeo.neun	gong.wo.ne.seo	dal.lim.ni.da	
저는	공원에서	달 립 니 다.	我在公園跑步。
走. 嫩	工. 我. 內. 手	打.李母.妮. 打	

(2)
jeo.neun	gong.wo.ne.seo	dal.lim.ni.da	
저는	공원에서	달 립 니다.	我從公園跑步。
走. 嫩	工. 我. 內. 手	打.李母.妮. 打	

(3)
jeo.neun	gong.won.e.seo	jip.kka.ji	dal.lim.ni.da	
저는	공원에서	집까지	달 립 니다.	我從公園跑到家。
走. 嫩	工. 我. 內. 手	幾. 嘎. 奇	打.李母.妮. 打	

「공원에서」（在公園）、「공원에서」（從公園）、「공원에서 집까지」（從公園到家）都是修飾在後面的述語，表示動作「달립니다」（跑）所進行的場所。在這裡的「에서」（從），「까지」（到）表示場所的起點和終點。

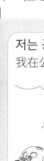

漫畫比比看

저는 공원에서 달립니다.
我在公園跑步。

1

저는 공원에서 달립니다.
我從公園跑步。

2

저는 공원에서 집까지 달립니다.
我從公園跑到家。

3

（二）行為的範圍 1

某一行為、動作是在什麼樣的範圍內進行的呢？說明範圍的詞語是修飾語，要在述語的前面，他所擔負的任務是「範圍」。

這一單元介紹「밖에 [ba.kke]」（只、僅僅）這個說明範圍的助詞，後接否定表示限定。它前接名詞，來修飾後面的動詞述語，動詞要變成否定式。

所以，「我只吃韓國料理。」韓語語順就是把「韓國料理」移到範圍助詞「只」之前，接下來在動詞「吃」的後面加上否定的「不」，就可以了。語順是：

主體는＋関連內容밖에＋動作（否定）。

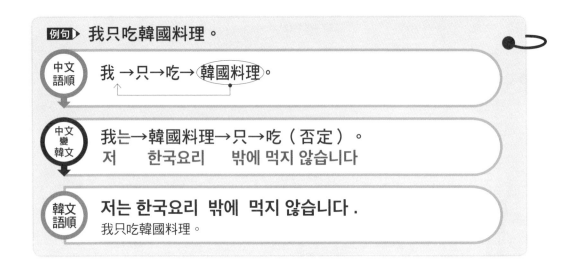

例句▶ 我只吃韓國料理。

中文語順
我 →只→吃→ 韓國料理 。

中文變韓文
我는→韓國料理→只→吃（否定）。
저 　한국요리 　밖에 먹지 않습니다

韓文語順
저는 한국요리 밖에 먹지 않습니다 .
我只吃韓國料理。

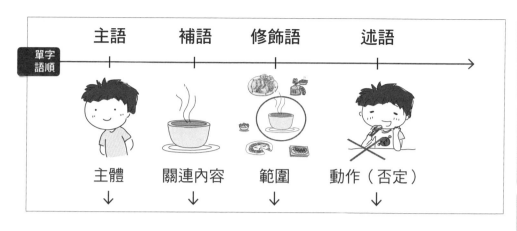

	主語	補語	修飾語	述語
單字語順	主體	關連內容	範圍	動作（否定）

(1)
jeo.neun	han.gung.yo.ri.reur		meok.seum.ni.da	我吃韓國料理。
저는	한국요리를		먹습니다.	
走. 嫩	韓. 姑恩.喲. 理. 入		摸. 師母. 妮. 打	

(2)
jeo.neun	han.gung.yo.ri	ba.kke	meok.jji.an.seum.ni.da	我只吃韓國料理。
저는	한국요리	밖에	먹지 않습니다.	
走. 嫩	韓. 姑恩.喲. 理	拔. 給	摸. 幾　安.師母. 妮. 打	

漫畫比比看

저는 한국 요리를 먹습니다.
我吃韓國料理。

1

저는 한국 요리밖에 먹지 않습니다.
我只吃韓國料理。

2

　　例句（1）用動作對象助詞「를」，來單純敘述「我吃韓國料理。」；例句（2）把「를」改成「밖에」，變成「한국 요리밖에」（只有韓國料理）來修飾後面的動詞述語，當然動詞的「먹습니다」要改成否定形「먹지 않습니다」了。

　　動詞否定句的作法，只要在動詞的語幹加上「지 않습니다／않아요／지 않다」就行啦。

（三）行為的範圍 2

動作是在什麼樣的範圍內進行的呢？表示範圍的助詞還有一個是「만 [man]」（只、僅僅），它後面接肯定，表示限定。「만」前接名詞，位置要在動詞述語的前面，來修飾後面的動詞，動詞不需要變成否定式。

因此，「我只吃韓國料理。」韓語語順就是，將「韓國料理」移到表示範圍的助詞「只」前面，就可以啦！語順是：

主體는＋関連内容만＋動作（肯定）

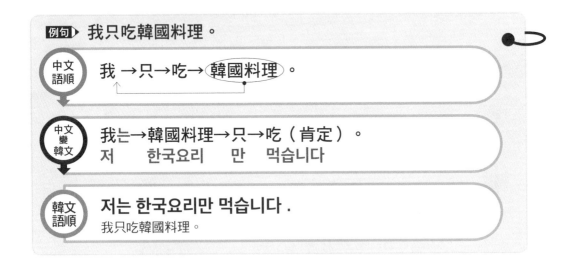

例句▶ 我只吃韓國料理。

中文語順
我 →只→吃→ 韓國料理 。

中文變韓文
我는→韓國料理→只→吃（肯定）。
저　한국요리　만　먹습니다

韓文語順
저는 한국요리만 먹습니다 .
我只吃韓國料理。

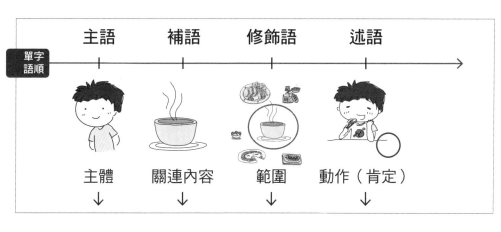

	主語	補語	修飾語	述語	
單字 語順	主體 ↓	關連內容 ↓	範圍 ↓	動作（肯定） ↓	

(1)
jeo.neun
저는
走. 嫩

meok.seum.ni.da
먹 습 니 다.
摸. 師母. 妮. 打

我吃。

(2)
jeo.neun
저는
走. 嫩

han.gung.yo.ri.reur
한 국 요 리 를
韓. 姑恩. 喲. 理. 入

meok.seum.ni.da
먹 습 니 다.
摸. 師母. 妮. 打

我吃韓國料理。

(3)
jeo.neun
저는
走. 嫩

han.gung.yo.ri
한 국 요 리
韓. 姑恩. 喲. 理

man
만
罵

meok.seum.ni.da
먹 습 니 다.
摸. 師母. 妮. 打

我只吃韓國料理。

漫畫比比看

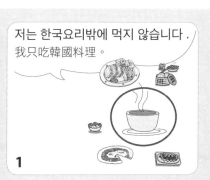

1　저는 한국요리밖에 먹지 않습니다.
我只吃韓國料理。

2　저는 한국요리만 먹습니다.
我只吃韓國料理。

　　「밖에～지 않다」（只有）用在否定句中，用在限定一件事物，而排除其他事物。「만」（只有）用在肯定句中，也可以用在否定句中。

練習問題

❶ 照語順寫句子

依照下面的語順，改成一個完整的韓語句子。

1. <u>首爾</u> → 從 → <u>明洞</u> → 到 → <u>走路</u>
　　서울　　　　　명동　　　　　걷습니다

_____

2. <u>大家</u> → <u>燒肉</u> → 只 → <u>吃</u>（用「밖에+否定」的句型）
　　　　　불고기　　　　먹다

_____

❷ 排排看

請把盒子裡的字，排成正確的句子。

1.

_____

2.

두개＝兩個；사과＝蘋果

❸ 翻譯練習

請把中文句子翻譯成為韓語。

1. 我從廚房打掃。　　　　廚房＝부엌；打掃＝청소합니다

_____

2. 哥哥在公司工作。　　　　公司＝회사；工作＝일합니다

_____

 一起動作的對象

　　行為的方式中，某動作一起進行的對象，用助詞「와 [wa] / 과 [gwa]（跟～）來當做修飾語，以修飾後面的述語。

　　「와 / 과」（跟～一起）表示一起去做某事的對象。「와 / 과」前面是一起動作的人。接續的方法是「母音＋와 / 子音＋과」。口語常用「(이) 랑 [(i).rang]」、「하고 [ha.go]」的形式。例如：「나랑 사귑시다！」（跟我交往吧！）

　　所以，「我跟朋友去韓國。」韓語語順就是，先將表示動作對象助詞的「跟」移到「朋友」後面，然後再將動詞「去」移到句尾就是啦！語順是：

主體는＋対象과 / 와＋動作。

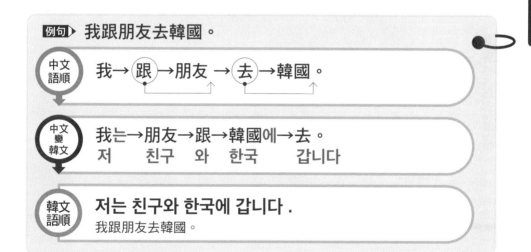

例句▶ 我跟朋友去韓國。

中文語順　我→ 跟 →朋友 → 去 →韓國。

中文變韓文　我는→朋友→跟→韓國에→去。
　　　　　저　　친구　와　한국　　갑니다

韓文語順　저는 친구와 한국에 갑니다 .
　　　　　我跟朋友去韓國。

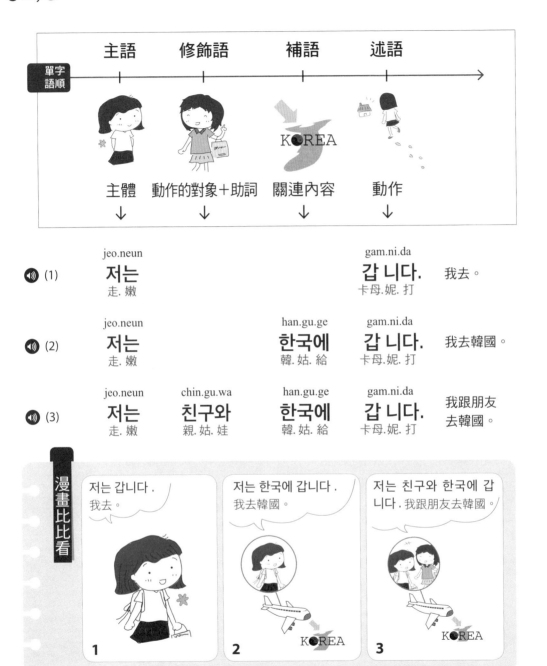

單字語順

主語	修飾語	補語	述語
主體	動作的對象＋助詞	關連內容	動作
↓	↓	↓	↓

(1)
jeo.neun 저는 走.嫩 ｜ gam.ni.da 갑 니다. 卡母.妮.打 ｜ 我去。

(2)
jeo.neun 저는 走.嫩 ｜ han.gu.ge 한국에 韓.姑.給 ｜ gam.ni.da 갑 니다. 卡母.妮.打 ｜ 我去韓國。

(3)
jeo.neun 저는 走.嫩 ｜ chin.gu.wa 친구와 親.姑.娃 ｜ han.gu.ge 한국에 韓.姑.給 ｜ gam.ni.da 갑 니다. 卡母.妮.打 ｜ 我跟朋友去韓國。

漫畫比比看

1. 저는 갑니다. 我去。

2. 저는 한국에 갑니다. 我去韓國。

3. 저는 친구와 한국에 갑니다. 我跟朋友去韓國。

　　修飾語「친구와」（跟朋友）是一起去韓國的對象，修飾後面的動詞「갑니다」（去）。「와/과」（跟）也常跟「같이」（一起）表示「跟～一起」的意思，也就是一起去做某事的對象。例如：「어제 친구와 같이 영화를 보았습니다.」（昨天跟朋友一起看電影。）

練習問題

❶ 照語順寫句子

依照下面的語順，改成一個完整的韓語句子。

1. 老師 → 學生 → 跟 → 說話
　　　　　　　　　　　　　이야기합니다

---

2. 店員 → 客人 → 跟 → 打招呼
　　점원　　손님　　　　　인사합니다

---

3. 學長 → 學弟 → 跟 → 跳舞
　　선배　　후배　　　　　춤춥니다

---

❷ 翻譯練習

請把中文句子翻譯成為韓語。

1. 媽媽跟小孩去散步。　　小孩＝아이；散步＝산책합니다

---

2. 我跟朋友去補習班。　　　　　　補習班＝학원

道具跟手段

 T23

（一）材料

　　做某行為，利用的是什麼材料？行為的方式中，某動作是用什麼材料來進行的？可以用「로 [ro] / 으로 [eu.ro]」（用）來當做修飾語的助詞，修飾後面的述語，如果句中還有動作的對象，那麼，對象就放在修飾語的後面，述語的前面。接續的方法是「母音＋로 / 子音＋으로」。

　　所以，「姊姊用米做麵包。」韓語語順就是先將動詞「做」移到句尾，再將表示道具的助詞「用」移到「米」的後面，就 OK 啦！語順是：

主體는＋材料로 / 으로＋關連內容을＋動作。

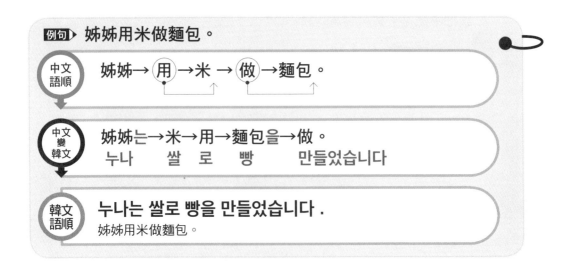

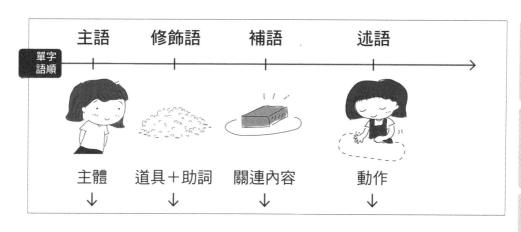

主語	修飾語	補語	述語
主體	道具＋助詞	關連內容	動作

單字語順

(1)
nu.na.neun
누나는
努.那.嫩

man.deu.reot.seum.ni.da
만들었 습 니다.
罵.的.樓.師母.妮.打

姊姊做。

(2)
nu.na.neun
누나는
努.那.嫩

ppang.eur
빵을
幫.而

man.deu.reot.seum.ni.da
만들었 습 니다.
罵.的.樓.師母.妮.打

姊姊做麵包。

(3)
nu.na.neun
누나는
努.那.嫩

ssal.lo
쌀 로
沙兒.樓

ppang.eur
빵을
幫.而

man.deu.reot.seum.ni.da
만들었 습 니다.
罵.的.樓.師母.妮.打

姊姊用米做麵包。

漫畫比比看

누나는 빵을 만들었습니다.
姊姊做麵包。

1

누나는　쌀로 빵을 만들었습니다.
姊姊用米做麵包。

2

　　例句（1）只單純提到「姊姊做麵包」；例句（2）「쌀로」（用米）是「만들었습니다」（做）的材料，也就是從材料這一側面來修飾後面的動作，知道「做」這個動作的材料是「米」。動作對象的「빵」（麵包）就在修飾語的後面，述語動作的前面。

（二）器具

做某行為，利用的是什麼器具？也可以用「로 [ro] / 으로 [eu.ro]」（用）來當作修飾語的助詞，修飾後面的述語。同樣地，如果句中還有動作的對象，那麼，對象就放在修飾語的後面，述語的前面。

所以，「妹妹用筷子吃飯。」韓語語順就是，先將動詞「吃」移到句尾，再將表示器具的助詞「用」移到「筷子」的後面，就可以了啦！語順是：

主體은＋器具로 / 으로＋關連內容을＋動作。

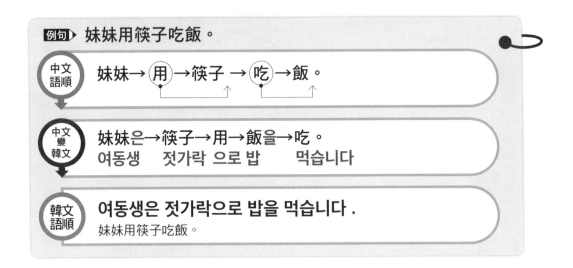

例句▶ 妹妹用筷子吃飯。

中文語順　妹妹→用→筷子 →吃→飯。

中文變韓文　妹妹은→筷子→用→飯을→吃。
　　　　　　여동생　젓가락 으로 밥　　먹습니다

韓文語順　여동생은 젓가락으로 밥을 먹습니다 .
　　　　　妹妹用筷子吃飯。

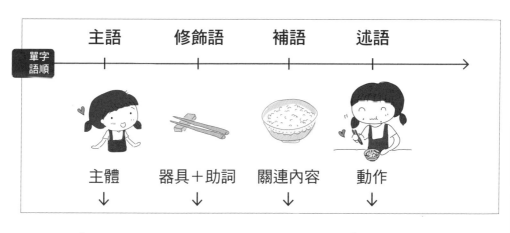

	主語	修飾語	補語	述語
單字語順	主體	器具＋助詞	關連內容	動作
	↓	↓	↓	↓

(1)
yeo.dong.saeng.eun
여동생은
有. 同. 先. 運

meok.seum.ni.da
먹 습 니다.
摸. 師母. 妮. 打

妹妹吃。

(2)
yeo.dong.saeng.eun
여동생은
有. 同. 先. 運

ba.beur
밥 을
拔. 笨兒

meok.seum.ni.da
먹 습 니다.
摸. 師母. 妮. 打

妹妹吃飯。

(3)
yeo.dong.saeng.eun
여동생은
有. 同. 先. 運

jeot.gga.ra.geu.ro
젓가락으로
走特. 卡. 拉. 古. 樓

ba.beur
밥 을
拔. 笨兒

meok.seum.ni.da
먹 습 니다.
摸. 師母. 妮. 打

妹妹用筷子吃飯。

「젓가락」（筷子）是「먹습니다」（吃）的器具，也就是從器具這一側面來修飾後面的動作，知道「吃」這個動作的器具是「筷子」。動作對象的「밥」（飯）就在修飾語的後面，述語動作的前面。

（三）語言

T23

做某行為，使用的是什麼語言？也可以用「로 [ro]/ 으로 [eu.ro]」（用）來當做修飾語的助詞，修飾後面的述語。同樣地，如果句中還有動作的對象，那麼，對象就放在修飾語的後面，述語的前面。

因此，「哥哥用韓語寫報告。」韓語語順就是，先將動詞「寫」移到句尾，再將表示語言的助詞「用」移到「韓語」的後面，就可以啦！語順是：

主體은＋語言어로＋關連內容를＋動作。

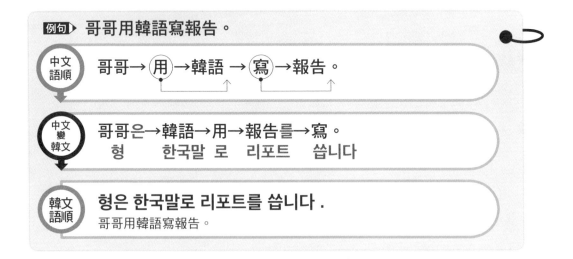

例句▶ 哥哥用韓語寫報告。

中文語順　哥哥→用→韓語 → 寫→報告。

中文變韓文　哥哥은→韓語→用→報告를→寫。
　　　　　형　　한국말 로 리포트　씁니다

韓文語順　형은 한국말로 리포트를 씁니다 .
哥哥用韓語寫報告。

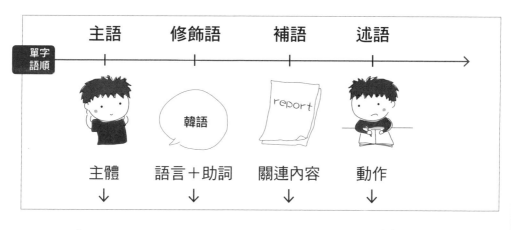

主語	修飾語	補語	述語
主體	語言＋助詞	關連內容	動作
↓	↓	↓	↓

單字語順

(1)

hyeong.eun
형은
玄. 運

sseum.ni.da
씁니다.
順. 妮. 打

哥哥寫。

(2)

hyeong.eun
형은
玄. 運

ri.po.teu.reul
리포트를
理. 普. 度. 入

sseum.ni.da
씁니다.
順. 妮. 打

哥哥寫報告。

(3)

hyeong.eun
형은
玄. 運

han.gung.mal.lo
한 국 말로
韓. 姑恩. 馬. 樓

ri.po.teu.reul
리포트를
理. 普. 度. 入

sseum.ni.da
씁니다.
順. 妮. 打

哥哥用韓語
寫報告。

（四）手段

T23

　　到某處，利用的是什麼交通工具呢？行為的方式中，某動作是用什麼手段、方式來進行的？也用「로 [ro] / 으로 [eu.ro]」（坐～，搭～）來當做修飾語的助詞，以修飾後面的述語。如果句中還有到達目的地，那麼，目的地就放在修飾語的後面，述語的前面。

　　所以，「爸爸坐車去首爾。」韓語語順就是，先將表示手段的助詞「坐」移到「車」的後面，再將動詞「去」移到句尾，就可以了啦！語順是：

主體는＋手段로／으로＋關連內容에等＋動作。

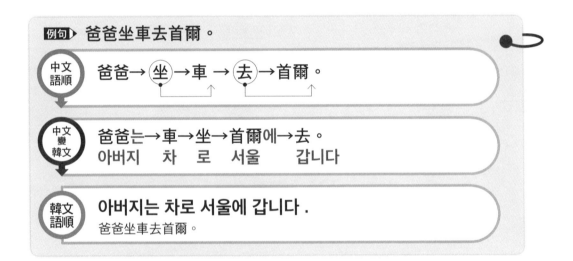

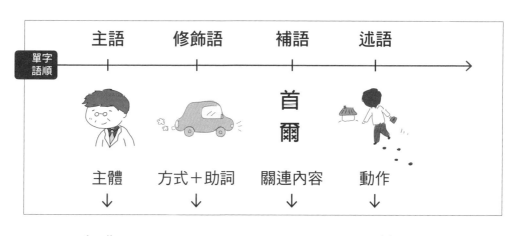

	主語	修飾語	補語	述語
單字語順	主體 ↓	方式＋助詞 ↓	關連內容 ↓	動作 ↓

(1)
a.beo.ji.neun
아버지는
阿.破.奇.嫩

gam.ni.da
갑 니다.
卡母.妮.打

爸爸去。

(2)
a.beo.ji.neun
아버지는
阿.破.奇.嫩

seo.u.re.
서울에
手.烏.累

gam.ni.da
갑 니다.
卡母.妮.打

爸爸去首爾。

(3)
a.beo.ji.neun
아버지는
阿.破.奇.嫩

cha.ro
차로
擦.樓

seo.u.re
서울에
手.烏.累

gam.ni.da
갑 니다.
卡母.妮.打

爸爸坐車去首爾。

漫畫比比看

아버지는 서울에 갑니다.
爸爸去首爾。

1

아버지는 차로 서울에 갑니다.
爸爸坐車去首爾。

2

例句（1）只簡單提到「爸爸去首爾」；例句（2）「차」（車）是「갑니다」（去）的手段，知道「去」這個動作的手段是「搭車」。助詞用「로」。

練習問題

❶ 照語順寫句子

依照下面的語順，改成一個完整的韓語句子。

1. 妻子 → 水果 → 用 → 果汁 → 做
　　　　　 과일　　　　　 주스

_____

2. 學生 → 韓文 → 用 → 日記 → 寫
　　　　　　　　　　 일기

_____

❷ 排排看

請把盒子裡的字，排成正確的句子。

1. 언니 자릅니다 야채 부엌칼 는 로 를

_____

자릅니다＝切（菜）；
야채＝蔬菜；부엌칼＝菜刀

2. 배 갑니다 아저씨 는 해외 로 에

_____

배＝船；해외＝國外

❸ 翻譯練習

請把中文句子翻譯成為韓語。

1. 妹妹用鉛筆寫字。　　　　　　　鉛筆＝연필

_____

2. 大學生用英語唱歌。　　大學生＝대학생；英語＝영어

_____

5 狀況

表示某行為、動作發生的狀況，也是修飾語。這修飾語也是用來限定後面的述語的。韓語有形容詞語幹後面加上「히 [hi], 게 [ge], 이 [i]」就變成副詞的用法，例如：

「천천히」（慢慢地）是由形容詞「천천하다」（慢慢的）變化而來的，它的語幹是「천천」。也就是「천천하다→천천＋히＝천천히」來的。

另外，「빠르게」（快速地）是由形容詞「빠르다」（快速的）變化而來的，它的語幹是「빠르」。也就是「빠르다→빠르＋게＝빠르게」來的。

還語，「많이」（忙地）是由形容詞「많다」（忙的）變化而來的，它的語幹是「많」。也就是「많다→많＋이＝많이」來的。

副詞「천천히」（慢慢地）跟「빠르게」（快快地）用在表示狀況的時候。如果句中有動詞的補語，那麼，表示頻度的副詞一般是在補語之前。「慢慢吃飯。」韓語語順是，把動詞「吃」移到句尾的。語順是：

狀況＋關連內容를／을＋動作。

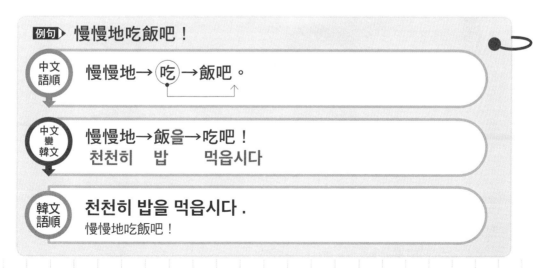

例句▶ 慢慢地吃飯吧！

中文語順　慢慢地→吃→飯吧。

中文變韓文　慢慢地→飯을→吃吧！
천천히　밥　먹읍시다

韓文語順　천천히 밥을 먹읍시다 .
慢慢地吃飯吧！

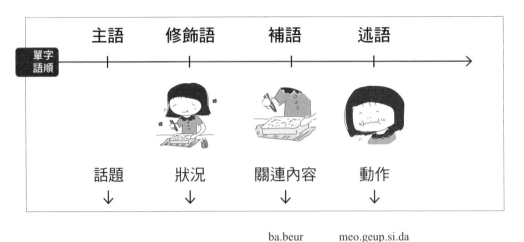

	主語	修飾語	補語	述語
單字語順	↓	↓	↓	↓
	話題	狀況	關連內容	動作

🔊 (1)

	ba.beur	meo.geup.si.da	
	밥 을	먹읍시다.	吃飯吧！
	拔.笨兒	某.苦.西.打	

🔊 (2)

cheon.cheon.hi	ba.beur	meo.geup.si.da	
천천히	밥 을	먹읍시다.	慢慢地吃飯吧！
窮.窮.衣	拔.笨兒	某.苦.西.打	

🔊 (3)

ppa.reu.ge	ba.beur	meo.geup.si.da	
빠 르 게	밥 을	먹읍시다.	快快地吃飯吧！
八.樂母.給	拔.笨兒	某.苦.西.打	

漫畫比比看

천천히 밥을 먹읍시다 .
慢慢地吃飯吧！

1

빠르게 밥을 먹읍시다 .
快快地吃飯吧！

2

　　例句（1）修飾語「천천히」從行為的狀況上，來限定動作「먹읍시다」，知道「吃」這個動作是「慢慢進行」；例句（2）修飾語「빠르게」也是從行為的狀況上，來限定動作「먹읍시다」，知道「吃」這個動作是「快快進行的」。這裡的動作是用勸誘形「母音＋ㅂ시다／子音＋읍시다」（～吧）。

練習問題

❶ 照語順寫句子

依照下面的語順，改成一個完整的韓語句子。

1. 乾淨 → 洗
　　깨끗하다　씻다

_____

2. 蔬菜 → 很多 → 吃
　　야채　　많이

_____

3. 總是 → 慎重地 → 考慮
　　언제나　　신중히　　생각합니다

_____

❷ 翻譯練習

請把中文句子翻譯成為韓語。

1. 頭髮剪短些吧！

短的＝짧다；
頭髮＝머리；剪下＝자른다

_____

2. 快樂地工作吧！

快樂的＝즐겁다

_____

6 數量、頻度跟程度

（一）數量

　　吃飯的時候，一次吃幾碗啦！也就是某行為進行的數量，要放在行為述語的前面，來修飾述語。這個數量一般是由「數字＋量詞」構成的，如「二杯」（兩碗）。

　　中文說「我吃兩碗飯」，先按照韓語語順中，動詞老愛跟在後面的習性，把動詞「吃」往句尾移，然後再把表示數量的「兩碗」放在動詞的前面，就大功告成啦！語順是：

主體는＋對象를／을＋花費數量＋動作。

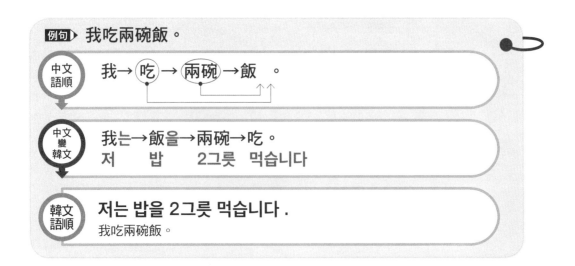

例句▶ 我吃兩碗飯。

中文語順

我 →（吃）→（兩碗）→ 飯 。

中文變韓文

我는 → 飯을 → 兩碗 → 吃。
저　　밥　　2그릇　먹습니다

韓文語順

저는 밥을 2그릇 먹습니다 .
我吃兩碗飯。

	主語	補語	修飾語	述語
單字語順				
	主體	動作的對象	動作花的數量	動作
	↓	↓	↓	↓

(1)
jeo.neun	meok.seum.ni.da
저는	먹 습 니다.
走.嫩	摸.師母.妮. 打

我吃。

(2)
jeo.neun	ba.beur	meok.seum.ni.da
저는	밥 을	먹 습 니다.
走.嫩	拔.笨兒	摸.師母.妮. 打

我吃飯。

(3)
jeo.neun	ba.beur	du.geu.reut	meok.seum.ni.da
저는	밥 을	2 그릇	먹 습 니다.
走.嫩	拔.笨兒	毒.古.魯	摸.師母.妮. 打

我吃兩碗飯。

修飾語「2 그릇」（兩碗）從行為所花的數量上來修飾、限定動作「먹습니다」，讓動作的意思更清楚。

漫畫比比看

1
저는 먹습니다.
我吃。

2
저는 밥을 먹습니다.
我吃飯。

3
저는 밥을 2그릇 먹습니다. 我吃兩碗飯。

例句（1）只說「我吃」；例句（2）加入「飯」，知道吃的是飯；例句（3）加入「2 그릇」在述語「먹습니다」之前當修飾語，知道是「吃兩碗」。

（二）頻度

 T25

　　多久喝一次牛奶啦！一個月看幾次電影啦！一年出國了幾次啦！表示某動作的發生的頻度，也是修飾語。用來修飾後面的述語。

　　表示頻度常用的有副詞「가끔 [ga.kkeum]」（偶爾）跟「자주 [ja.ju]」（經常）。如果句中有動詞的補語，那麼表示頻度的副詞，一般是在補語之前。

　　要說「我偶爾喝牛奶。」韓語語順，當然是把動詞「喝」往句尾移，表示頻度的副詞「偶爾」保持在補語「牛奶」前就行啦！語順是：

主體는＋頻度＋關連內容를／을＋動作。

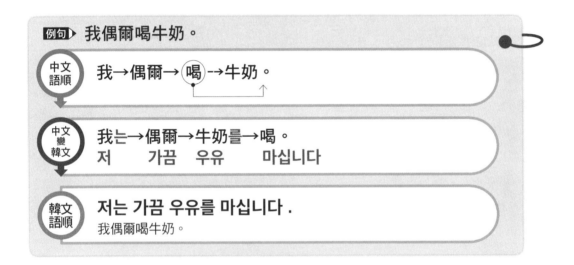

例句▶ 我偶爾喝牛奶。

中文
語順　　我→偶爾→（喝）--→牛奶。

中文
變
韓文　　我는→偶爾→牛奶를→喝。
　　　　저　　가끔　우유　　마십니다

韓文
語順　　저는 가끔 우유를 마십니다 .
　　　　我偶爾喝牛奶。

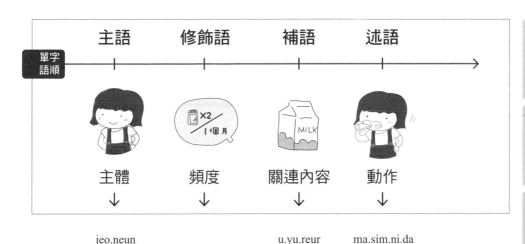

<table>
<tr><td></td><td>主語</td><td>修飾語</td><td>補語</td><td>述語</td></tr>
</table>

	主體	頻度	關連內容	動作

🔊 (1)

jeo.neun		u.yu.reur	ma.sim.ni.da	我喝牛奶。
저는		우유를	마십니다.	
走. 嫩		惡. 友. 入	馬. 心. 妮. 打	

🔊 (2)

jeo.neun	ga.kkeum	u.yu.reur	ma.sim.ni.da	我偶爾喝
저는	가끔	우유를	마십니다.	牛奶。
走. 嫩	卡.古母	惡. 友. 入	馬. 心. 妮. 打	

🔊 (3)

jeo.neun	ja.ju	u.yu.reur	ma.sim.ni.da	我經常喝牛
저는	자주	우유를	마십니다.	奶。
走. 嫩	夾. 阻	惡. 友. 入	馬. 心. 妮. 打	

漫畫比比看

저는 가끔 우유를 마십니다.
我偶爾喝牛奶。

저는 자주 우유를 마십니다.
我經常喝牛奶。

　　例句（1）頻度修飾語「가끔」從行為的頻度上，來限定動作「마십니다」，知道「喝」這個動作是「偶爾才做的」；例句（2）頻度修飾語「자주」也是從行為的頻度上，來限定動作「마십니다」，知道「喝」這個動作是「經常做的」。

（三）程度 1

T25

　　形容詞述語，所提示的話題（主語），到底某狀態的程度有多少呢？對於形容的內容，想要更詳細的說明，就需要表示程度的副詞，來修飾形容詞述語了。

　　其中，最常用的有副詞「정말 [jeong.mal]」，相當於中文的「很」、「非常」、「挺」、「極」。

　　例如「정말 높습니다」（非常高），其中「정말」是從程度面來修飾用言形容詞的「높습니다」，所以叫做程度用言修飾。韓語的修飾句中，語順是「修飾語＋被修飾語」。

　　因此，「那座山很高。」的韓語語順跟中文一樣，位置不用移動。簡單吧！

話題은＋程度＋形容。

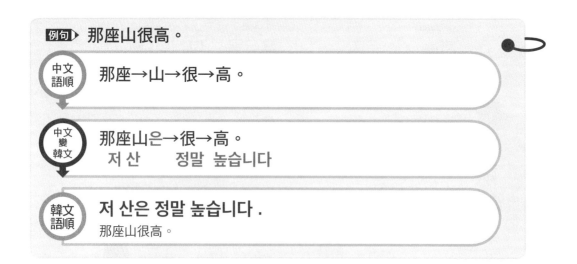

例句▶ 那座山很高。

中文語順
那座→山→很→高。

中文變韓文
那座山은→很→高。
저 산　　정말 높습니다

韓文語順
저 산은 정말 높습니다 .
那座山很高。

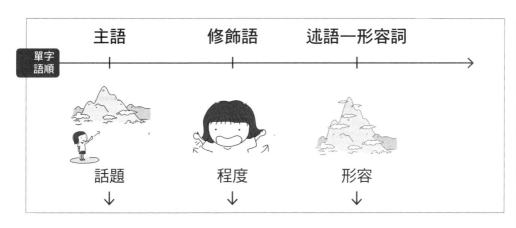

(1)

jeo.sa.neun
저 산은
走　沙.嫩

nop.seum.ni.da
높습니다.
努.師母.妮.打

那座山高。

(2)

jeo.sa.neun
저 산은
走　沙.嫩

jeong.mal
정말
窮.馬

nop.seum.ni.da
높습니다.
努.師母.妮.打

那座山很高。

「정말」表示程度極端的高，位置是在形容詞述語之前。如果要表現現在的年輕人，常說的「超」的意思，可以用「진짜 [jin.jja]」。

漫畫比比看

저 산은 높습니다.
那座山高。

1

저 산은 정말 높습니다.
那座山很高。

2

　　例句（1）常見的中文翻譯是「那座山（很）高。」，這裡的「很」，並沒有意義，只是為了讓形容詞句的中文翻譯，能表現得更完整，而加上去的。

　　例句（2）中文翻譯也是「那座山很高。」，由於多加入了程度副詞「정말」來修飾後面的形容詞述語「높습니다」，知道高度上真的是「很高的」。

（四）程度 2

至於形容詞述語，所提示的話題（主語），要達到某狀態的程度有很高要怎麼說呢？

這時候也是需要表示程度的副詞，來修飾形容詞述語了。其中，程度副詞的「가장 [ga.jang]」，也常被使用，它相當於中文的「最」、「頂」的意思。

「我最喜歡秋天。」由於加入了補語「秋天」，根據補語要在述語之前，程度修飾語要緊接在述語之前，所以形容詞述語「喜歡」是在句尾，程度修飾語的「最」是放在「喜歡」之前，語順是：

主體는 + 對象을 + 程度 + 形容。

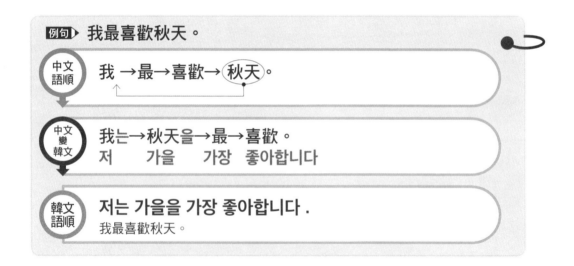

例句▶ 我最喜歡秋天。

中文語順　我 →最→喜歡→(秋天)。

中文變韓文　我는→秋天을→最→喜歡。
저　　가을　　가장　좋아합니다

韓文語順　저는 가을을 가장 좋아합니다 .
我最喜歡秋天。

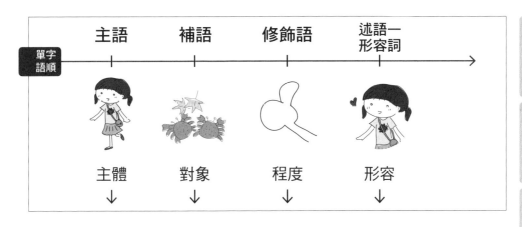

單字語順	主語	補語	修飾語	述語—形容詞
	主體	對象	程度	形容
	↓	↓	↓	↓

(1)
jeo.neun
저는
走. 嫩

jo.a.ham.ni.da
좋아합니다. 我喜歡。
求. 阿. 航. 妮. 打

(2)
jeo.neun
저는
走. 嫩

ga.eu.reur
가을을
卡. 恩. 入

jo.a.ham.ni.da
좋아합니다. 我喜歡秋天。
求. 阿. 航. 妮. 打

(3)
jeo.neun
저는
走. 嫩

ga.eu.reur
가을을
卡. 恩. 入

ga.jang
가장
卡. 張

jo.a.ham.ni.da
좋아합니다. 我最喜歡
求. 阿. 航. 妮. 打　秋天。

　　例句（3）修飾語「가장」（最），從程度面來修飾、限定形容詞述語「좋아합니다」，知道主語「저」（我）在四個季節中，「最」喜歡秋天了。另外，「不喜歡」用「～지 않습니다」例如：「커피를 싫어합니다.」（我不喜歡咖啡）。

漫畫比比看

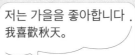

저는 좋아합니다 .
我喜歡。

저는 가을을 좋아합니다 .
我喜歡秋天。

저는 가을을 가장 좋아합니다 .
我最喜歡秋天。

1　　**2**　　**3**

　　例句（2）加上補語「가을을」，知道喜歡的對象是秋天；例句（3）再加上「가장」（最），知道我是「最」喜歡秋天了。

149

練習問題

❶ 照語順寫句子

依照下面的語順，改成一個完整的韓語句子。

1. 那 → 冰箱 → 很 → 新
　　　 냉장고　　　　 새롭습니다

---

2. 那個 → 模特兒 → 非常→帥
　　　　 모델　　　　 멋있습니다

---

3. 我 → 偶爾 → 歌 → 唱
　　　　　　 노래　 부릅니다

---

❷ 翻譯練習

請把中文句子翻譯成為韓語。

1. 他喝三瓶啤酒。　　　　　　　　　 三瓶＝3병

---

2. 孩子常吃蔬菜。　　　　 孩子＝어린이；蔬菜＝야채

行為的目的

　　某行為是為誰而做的呢？表示目的的「為了」用「를 / 을 위해서 [reur/eur.wi.hae.seo]」。使用時，要接在名詞的後面。順序是要放在動詞述語前面，來修飾述語。接續的方法是「母音＋를 위해서；子音＋을 위해서」。使用時也常省略「서」。

　　要說，「我為她努力。」韓語語順是，將「為」移到「她」的後面，就可以啦！語順是：

主體는＋目的를 / 을 위해서＋動作。

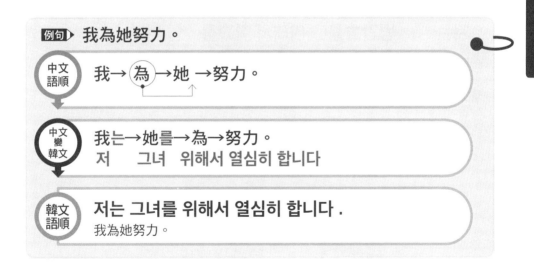

例句▶ 我為她努力。

中文語順　　我→為→她 →努力。

中文變韓文
我는→她를→為→努力。
저　　그녀　위해서 열심히 합니다

韓文語順
저는 그녀를 위해서 열심히 합니다 .
我為她努力。

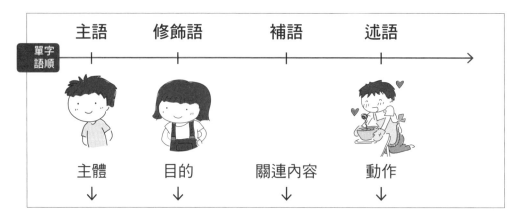

主語	修飾語	補語	述語

單字語順

主體 → 目的 → 關連內容 → 動作

🔊 (1)
jeo.neun
저는
走.嫩

yeol.sim.hi.ham.ni.da
열심히 합니다.
友.心.稀 航.妮.打

我努力。

🔊 (2)
jeo.neun　geu.nyeo.reur.wi.hae.seo
저는　그녀를 위해서
走.嫩　古.牛.路 為.黑.手

yeol.sim.hi.ham.ni.da
열심히 합니다.
友.心.稀 航.妮.打

我為她努力。

🔊 (3)
jeo.neun
저는
走.嫩

byeong.gan.ho.reur. wi.hae.seo.hak.ggyo.reur
병간호를　위해서 학교를
蘋.剛.呼.路　為.黑.手. 哈.救.入

swim.ni.da
쉽 니다.
雖母.妮.打

我因為照顧病人，沒去學校。

「그녀를 위해서」（為了她）跟「병간호를 위해서」（因為照顧病人）各表示「열심히 합니다」（努力）跟「쉽니다」（沒去，休息）這些行為的目的。也就是行為目的的用言修飾。

練習問題

❶ 照語順寫句子

依照下面的語順，改成一個完整的韓語句子。

1. 爸爸 → 哥哥 → 為了 → 西裝 → 買
　　　　　　　　　　　　 양복　　 삽니다

_____

2. 他 → 她 → 為了 → 煙 → 戒了
　　　　　　　　　　 담배　 끊었습니다

_____

3. 我 → 孩子 → 為了 → 點心 → 買
　　　 아이　　　　　 간식　　 삽니다

_____

❷ 翻譯練習

請把中文句子翻譯成為韓語。

1. 父母為了孩子工作。　　 父母＝부모；工作＝ 일합니다

_____

2. 我為了成功而努力。
　　　　　　　 成功＝성공；努力＝ 열심히 합니다

_____

 # 8 原因

 T27

要表示原因、理由，韓語用「니까 [ni.kka]/ 으니까 [eu.ni.kka]」來表現。經常用在說話人命令、勸誘對方的理由。使用時，直接用在動詞或形容詞語幹後面，然後放在述語的前面，來修飾述語。接續的方法是「母音＋니까/ 子音＋으니까」。

要說，「因為有發燒，請休息。」韓語語順是，將「因為」移到「發燒」的後面，就可以啦！語順是：

主體＋原因니 까 / 으니까＋行為。

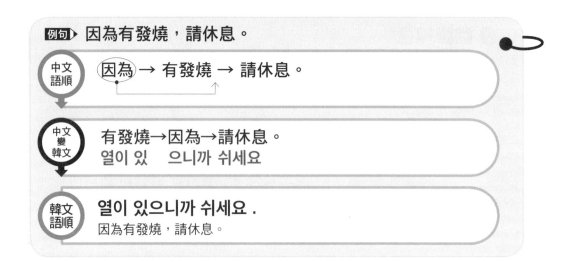

例句▶ 因為有發燒，請休息。

中文語順
因為 → 有發燒 → 請休息。

中文變韓文
有發燒→因為→請休息。
열이 있　으니까 쉬세요

韓文語順
열이 있으니까 쉬세요 .
因為有發燒，請休息。

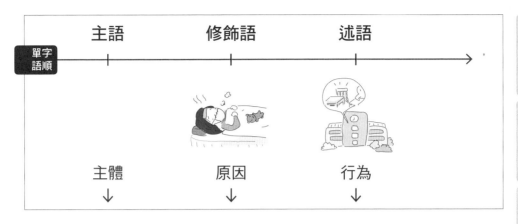

主語	修飾語	述語
主體	原因	行為
↓	↓	↓

(1)

yeo.ri.i.sseu.ni.kka
열이 있으니까
喲. 理　衣.色.妮.嘎

swi.se.yo
쉬세요.
雖. 誰. 喲

因為有發燒，
請休息。

(2)

ma.si.sseu.ni.kka
맛있으니까
馬.西.色.妮. 嘎

deu.se.yo
드세요.
凸. 誰. 喲

因為好吃，
請您吃。

「열이 있다」（有發燒）接「으니까」就變成「열이 있으니까」（因為有發燒）；「맛있다」（好吃）接「으니까」就變成「맛있으니까」（因為好吃）。

「열이 있으니까」（因為有發燒）跟「맛있으니까」（因為好吃）各表示「쉬요」（請休息）、跟「먹드세요」（請您吃）這些行為的原因。也就是行為原因的用言修飾。

練習問題

❶ 照語順寫句子

依照下面的語順，改成一個完整的韓語句子。

1. 雨 → 下→ 因為 → 趕快 → 走吧
　　　　　　　　　　　빨리　　갑시다

_____

2. 時間 → 沒有 → 因為 → 地鐵 →坐→ 去吧
　　　시간　　없다　　　　　　지하철

_____

3. 天氣 → 好→ 因為 → 山上 → 去吧
　　　날씨　　좋다　　　　　　산

_____

❷ 翻譯練習

請把中文句子翻譯成為**韓語**。

1. 因為這個便宜而買了。　　　　便宜＝싸다；買了＝샀습니다

_____

2. 因為每天走路，很健康。
　　　　　　　每天＝매일；走路＝걷다；健康＝건강합니다

_____

STEP 1 先弄懂一下

❶ 照語順寫句子

1. 그녀는 음악을 듣습니다. ／她聽音樂。
2. 그는 한국어를 가르칩니다. ／他教韓語。
3. 나는 밥을 천천히 먹습니다. ／我慢慢地吃飯。

❷ 排排看

1. 나는 주스를 마십니다. ／我喝果汁。
2. 당신은 접시를 씻습니다. ／你洗盤子。

STEP 2 基本句型

第一課 做什麼

❶ 照語順寫句子

1. 바람이 붑니다. ／風吹。
2. 형은 그녀와 데이트합니다. ／哥哥和她約會了。
3. 야채 가게에서는 그녀에게 무를 팔았습니다. ／蔬果店賣白籮菠給她。

❷ 排排看

1. 어머니는 어린이에게 숙제를 가르칩니다. ／媽媽給小孩教功課。
2. 아버지는 맥주를 삽니다. ／爸爸買啤酒。

第二課 怎樣的

❶ 排排看

1. 집은 학교에서 멉니다. ／家離學校很遠。
2. 어머니는 역사를 잘 압니다. ／媽媽對歷史很瞭解。

❷ 翻譯練習

1. 바다가 푸릅니다.
2. 차가 편리합니다.
3. 산이 예쁩니다.

第三課 什麼的

❶ 照語順寫句子

1. 여기는 백화점입니다. ／這裡是百貨公司。
2. 이것은 사과입니다. ／這是蘋果。
3. 저것은 제 노트입니다. ／那是我的筆記本。

❷ 排排看

1. 저기는 화장실입니다. ／那裡是廁所。
2. 아버지는 샐러리맨입니다. ／爸爸是上班族。

❸ 翻譯練習

1. 아버지는 사장입니다.
2. 이것은 지갑입니다.

STEP 3 補語—述語

第一課 行為的對手、目標

❶ 照語順寫句子

1. 그는 교수와 만납니다. ／他和教授見面。
2. 우리들은 그에게 선물을 주었습니다. ／我們送禮物給他。
3. 나는 그녀에게 이메일을 보냈습니다. ／我寄電子郵件給她了。

❷ 排排看

1. 나는 선생님과 상의합니다. ／我跟老師商量。
2. 그는 친구에게 책을 빌려왔습니다. ／他借了書給朋友。

第二課 行為的方向及目的

❶ 照語順寫句子

1. 나는 학교에 갑니다. ／我去學校。
2. 남동생은 역에서 걸어 갑니다. ／弟弟從車站走去。
3. 김명현씨는 야채 가게에 야채사러갑니다. ／金明賢先生去蔬果店買東西。

❷ 排排看

1. 나는 유원지에 갑니다. ／我去遊樂園。
2. 아버지는 종로에 마시러 갑니다. ／爸爸去鐘路喝。

第三課 人與物的存在

❶ 照語順寫句子

1. 교실에 학생이 있습니다. ／教室有學生。
2. 사내아이는 휴대폰이 있습니다. ／男孩子有手機。

❷ 排排看

1. 병원에 의사가 있습니다. ／醫院裡有醫生。
2. 어린이는 볼펜이 있습니다. ／小孩有原子筆。

❸ 翻譯練習

1. 거기에 냉장고가 있습니다.
2. 집에 개가 있습니다.

第四課 行為的出發點、方向、到達點

❶ 照語順寫句子

1. 남자는 소파에 앉습니다. ／男人坐到沙發。
2. 형은 터널에서 나갑니다. ／哥哥從隧道出去。

❷ 排排看

1. 어머니는 방에 들어갑니다. ／媽媽進去房間。

2. 그녀는 우체국으로 갑니다. ／她往郵局去。

❸ 翻譯練習

1. 나는 버스에서 내립니다.

2. 나는 해외에 갑니다.

第五課 結果

❶ 照語順寫句子

1. 머리가 길어 십니다. ／頭髮變長了。

2. 남동생이 멋있어 십니다. ／弟弟變帥了。

❷ 排排看

1. 선배는 작가가 되었습니다. ／前輩當了作家。

2. 할머니는 건강해 졌습니다. ／奶奶變健康了。

❸ 翻譯練習

1. 어린이의 옷은 더러워 졌습니다.

2. 여동생은 음악가가 되었습니다.

第六課 行為的原料、材料

❶ 照語順寫句子

1. 의자는 유리로 만듭니다. ／用玻璃做椅子。

2. 와인은 포도로 만들었습니다 .
／葡萄酒是從葡萄製成的。

❷ 排排看

1. 바나나로 디저트를 만듭니다. ／用香蕉做甜點。

2. 빵은 밀가루로 만듭니다. ／麵包是從麵粉製成的。

❸ 翻譯練習

1. 나무로 젓가락을 만듭니다.

2. 술은 쌀로 만듭니다.

第七課 比較的對象

❶ 照語順寫句子

1. 오늘은 어제보다 춥습니다. ／今天比昨天寒冷。

2. 한국남자는 더 상냥합니다. ／韓國男人更體貼。

❷ 排排看

1. 도시는 시골보다 번화합니다. ／城市比鄉下熱鬧。

2. 누나는 더 젊습니다 . ／姊姊更年輕。

❸ 翻譯練習

1. 이것은 그것보다 쉽습니다.

2. 그는 더 부자입니다 .

STEP 4 變形句

第一課 時間變形

❶ 照語順寫句子

1. 지금 비가 내리고 있습니다. ／現在正在下雨。

2. 그저께 지진이 일어났습니다. ／前天有了地震。

❷ 排排看

1. 내일은 비가 내릴 것입니다. ／明天會下雨吧。

2. 어제는 태풍이 왔습니다. ／昨天颱風來了。

❸ 翻譯練習

1. 지난 주는 눈이 내렸습니다.

第二課 邀約變形句

❶ 照語順寫句子

1. 사진을 찍을까요? ／一起拍照吧！

2. 집에 돌아갑시다. ／一起回家吧。

❷ 排排看

1. 전철을 탑시다. ／一起搭電車吧。

2. 식사를 합시다. ／一起吃飯吧！

❸ 翻譯練習

1. 학교에 갑시다.　　2. 함께 그를 기다립시다.

第三課 希望變形句

❶ 照語順寫句子

1. 나는 라디오를 듣고 싶습니다. ／我想聽廣播。

2. 언니는 서울에 가고 싶어합니다.
／姊姊想要去首爾。

❷ 排排看

1. 어른은 자동차를 사고 싶어합니다.
／大人想要買自用車。

2. 나는 여행을 가고 싶습니다. ／我想去旅行。

❸ 翻譯練習

1. 그는 가방을 사고 싶어합니다.

2. 나는 인삼차를 마시고 싶습니다.

第四課 能力變形句

❶ 照語順寫句子

1. 여기서 담배를 피울 수 없습니다. ／這裡不能抽煙。

2. 언니는 양복을 만들 수 있습니다. ／姊姊會做西裝。

❷ 排排看

1. 나는 혼자 갈 수 없습니다. ／我沒有辦法一個人去。

2. 김명현씨는 낫또를 먹을 수 있습니다.
／金明賢先生敢吃納豆。

❸ 翻譯練習

1. 나는 발레를 출 수 있습니다.

2. 이 일은 내가 할 수 없습니다.

STEP 5 用言修飾語+述語

第一課 時間、期間

❶ 照語順寫句子

1. 그녀는 11시부터 7시까지 잤습니다.
／她從11點睡到7點。

2. 바이올린은 3년간 배웠습니다.
／學了三年小提琴。

❷ 排排看

1. 형은 9시부터 운동합니다.
／家兄從9點開始運動。

2. 나는 저녁부터 밤까지 요리합니다.
／我從傍晚開始做菜到晚上。

❸ 翻譯練習

1. 친구는 내일 퇴원합니다.

2. 갓난아기는 12월1일에 태어났습니다.

第二課 動作、行為的場所、範圍

❶ 照語順寫句子

1. 서울에서 명동까지 걷습니다.
／從首爾走路到明洞。

2. 모두 불고기밖에 먹지
않습니다.／大家只吃燒肉。

❷ 排排看

1. 나는 한국에서 공부했습니다.／我在韓國唸了書。

2. 사과는 두 개만 먹습니다. ／蘋果只吃兩個。

❸ 翻譯練習

1. 나는 부엌에서 청소합니다.

2. 형은 회사에서 일합니다.

第三課 一起動作的對象

❶ 照語順寫句子

1. 선생님은 학생과 이야기합니다.
／老師跟學生說話。

2. 점원은 손님과 인사합니다.／店員跟客人打招呼。

3. 선배는 후배와 춤춥니다.／學長跟學弟跳舞。

❷ 翻譯練習

1. 어머니는 아이와 산책합니다 .

2. 나는 친구와 학원에 갑니다.

第四課 道具跟手段

❶ 照語順寫句子

1. 부인은 과일로 주스를 만듭니다.
／妻子用水果做果汁。

2. 학생은 한국어로 일기를 씁니다.
／學生用韓文寫日記。

❷ 排排看

1. 언니는 부엌칼로 야채를 자릅니다.
／姊姊用菜刀切菜

2. 아저씨는 배로 해외에 갑니다.
／叔叔搭船去國外。

❸ 翻譯練習

1. 누이동생은 연필로 글자를 씁니다.

2. 대학생은 영어로 노래를 부릅니다.

第五課 狀況

❶ 照語順寫句子

1. 깨끗하게 씻습니다./洗乾淨。

2. 야채를 많이 먹습니다 ./吃很多蔬菜。

3. 언제나 신중히 생각합니다./總是慎重地考慮。

❷ 翻譯練習

1. 짧게 머리를 자릅시다.

2. 즐겁게 일을 합시다

第六課 數量、頻度跟程度

❶ 照語順寫句子

1. 저 냉장고는 정말 새롭습니다. ／那冰箱很新。

2. 저 모델은 정말 멋있습니다 . ／那個模特兒很帥。

3. 나는 가끔 노래를 부릅니다. ／我偶爾唱歌。

❷ 翻譯練習

1. 그는 맥주를 3병 마십니다.

2. 어린이는 자주 야채를 먹습니다.

第七課 行為的目的

❶ 照語順寫句子

1. 아버지는 형을 위해서 양복을 삽니다.
／爸爸為哥哥買西裝。

2. 그는 그녀를 위해서 담배를 끊었습니다.
／他為了她戒煙了。

3. 나는 어린이를 위해서 간식을 삽니다.
／我為了孩子買點心。

❷ 翻譯練習

1. 부모는 아이를 위해서 일합니다.

2. 나는 성공을 위해서 열심히 합니다 .

第八課 原因

❶ 照語順寫句子

1. 비가 오니까 빨리 갑시다.
因為下雨，趕快走吧。

2. 시간이 없으니까 지하철로 갑시다.
因為沒時間，坐地鐵去吧。

3. 날씨가 좋으니까 산에 갑시다.
／因為天氣很好，上山去吧。

❷ 翻譯練習

1. 이것이 싸니까 샀습니다.

2. 매일 걸으니까 건강합니다 .

輕圖解！
5天速學韓語文法

18K＋CD

【韓語Jump 01】

■ 發行人／林德勝

■ 著者／金龍範

■ 設計‧創意主編／吳欣樺

■ 出版發行／山田社文化事業有限公司
　　　　　地址　臺北市大安區安和路一段112巷17號7樓
　　　　　電話　02-2755-7622
　　　　　傳真　02-2700-1887

■ 郵政劃撥／19867160號　大原文化事業有限公司

■ 總經銷／聯合發行股份有限公司
　　　　　地址　新北市新店區寶橋路235巷6弄6號2樓
　　　　　電話　02-2917-8022
　　　　　傳真　02-2915-6275

■ 印刷／上鎰數位科技印刷有限公司

■ 法律顧問／林長振法律事務所　林長振律師

■ 書+CD 定價／新台幣299元

■ 再版二刷／2017年1月

© ISBN：978-986-246-453-3
2017, Shan Tian She Culture Co., Ltd.